AF282650

Fast ein Film

Sekundärliteratur 1

Ralph Henry Fischer

Ralph Henry Fischer

Fast ein Film

Sekundärliteratur 1

Bibliografische Information der Deutschen Nationalbibliothek:
Die Deutsche Nationalbibliothek verzeichnet diese Publikation in der Deutschen Nationalbibliografie; detaillierte bibliografische Daten sind im Internet über http://dnb.dnb.de abrufbar.

© 2024 Ralph Henry Fischer

Covergestaltung: Michaela Fischer

Verlag: BoD • Books on Demand GmbH, In de Tarpen 42, 22848 Norderstedt

Druck: Libri Plureos GmbH, Friedensallee 273, 22763 Hamburg

ISBN: 978-3-7597-7754-6

Inhalt

Mensch, wie kam ich dick und wohlgelaunt zur Welt
Hab sie voller Lust und Neugier angebrüllt
Lag zwar nicht als Heiland tief im Stroh
Trotzdem war ich ziemlich engelsgleich und froh
Und schon war das alles aus und vorbei

Wurde dann ein eher blasses Schulenkind
Lernte mich vor lauter Eifer farbenblind
War zwar nicht gebildet, klug und rein
Bildete mir das jedoch sehr ein
Und schon war das alles aus und vorbei

Kam dann in die große, bunte weite Welt
War darin als Mitarbeiter angestellt
Schuftete mich krumm an meinem Fleck
Lieferte den fetten Maden ihren Speck
Und schon war das alles aus und vorbei

Es ging so schnell und glatt und klappte wie geschmiert
Kaum auf der Welt und grad das Nötigste trainiert
Und gleich hinein ins volle Leben bis zum Hals
Und schon hindurch und wieder raus
Ja, das war alles (oder nichts), alles ...

War am Ende nur ne Handvoll Knochenmehl
Das dem lieben Gott wohl überaus gefiel
Hauchte mir ne neue Seele ein
Und ich ließ mich wirklich darauf auch noch ein
Und so ist nun garnichts aus und vorbei

(Aus und vorbei, aus: Songbook, 2024)

Vorweg

Viele SchriftstellerInnen, selbst die bedeutendsten, schöpfen für ihre Arbeiten häufig aus dem Erlebnis- und Erfahrungsschatz ihrer Biografien, und das keineswegs nur in ihren Erstlingen. Der Grund dafür ist banal: Sie schreiben schlicht über das, was sie am besten kennen, und das macht sie glaubhaft und authentisch. Reine Fiktionen sind nur selten ähnlich überzeugend, am ehesten noch in der Kinder-, Fantasy- und Krimiliteratur – um zu funktionieren, brauchen aber auch sie die Verwurzelung im Realen.

Den grundlegenden Rahmen für die eigene Geschichte bildet in der Regel die Familie, der man entstammt und die einen mehr oder minder weit durchs eigene Leben begleitet. Und darin unterscheiden sich die entsprechenden Lebensläufe vermeintlich oder tatsächlich namhafter Personen nicht generell von denen vermeintlich oder tatsächlich anonymer „kleiner" Leute. Hier wie dort ereignen sich, eingebettet in bestimmte gesellschaftliche und politische Ereignisse und Situationen, Geburten, Tode, Beziehungen, Krankheiten, Karrieren, Niederlagen ... all die gängigen Komödien und Tragödien. Ob und wie weit diese Biografien mitteilenswert sind, hängt nicht allein von der Außerordentlichkeit des Erlebten ab, sondern auch von der Form der Mitteilung, also der Qualität ihrer erzählerischen Gestaltung, ob nun in Text oder Film – und dazu von der Aussagekraft der zur Verfügung stehenden Quellen.

Was letztere angeht, erging es mir wie Vielen, die erst nach dem Tod nah oder fern stehender Familienmitglieder (und anderer) erkennen, dass wichtige Fragen, die sie zu deren Lebzeiten zu stellen versäumten, keine Antwort mehr finden werden. Die hinterbliebenen Informationen, Spekulationen, Ahnungen usf. erscheinen nun hochgradig unzuverlässig und lückenhaft, gehen sie doch lediglich auf *Erinnerungen* an Bemerkungen, Gespräche oder Erzählungen zurück, deren Glaubwürdigkeit nicht mehr nachprüfbar ist.

Ist es z.B. meine eigene Erinnerung, dass ich mit zwei Jahren einen Leistenbruch erlitt, der mit einem in einen Gummigürtel gebetteten orangefarbenen Ball behandelt wurde oder erinnere ich mich lediglich an Erzählungen meiner Eltern über den Vorfall? – „... du wolltest ja schon als Kleinkind immer deinen Kopf durchsetzen, typisch Steinbock, und das vor allem mit Geschrei, und das hattest du davon!"

Hinzu kommt, dass es die Familie bereits *vor* der eigenen Geburt gab, man also die vorausgegangenen Geschichten ihrer Mitglieder nicht miterlebte, sondern nur aus zweifelhaften Überlieferungen kennt – zweifelhaft, weil sich nach deren Tod kaum feststellen lässt, was Legende war, was Wahrheit.

Hatte z.B. meine Großmutter Henny im eisigen Winter 1946/47 tatsächlich mit anderen Kölnern Kohlen von Güterwaggons und Lastwagen „gefringst", wie sie häufig zum Besten gab?

Und hatte meine leibliche Mutter in den 1930er-Jahren in London wirklich eine Affäre mit einem geldschweren Lord (und Gangster) und in Rio eine Liaison mit einem brasilianischen Großgrundbesitzer, was sie, als ihre Ehe mit meinem Vater zerbrochen war, immer wieder klagend betonte? – „... hätte ich doch nur einen der beiden geheiratet, dann ..."

Ich erinnere mich an ein verblichenes Foto, das sie vor der Kulisse des Zuckerhuts (Pão de Açúcar) im Arm eines Mannes mit Clark-Gable-Schnäuzer im weißen Anzug zeigte – mehr nicht, nichts jedenfalls, das auf eine mögliche lukrative Eheschließung hinwies.

Und traf es zu, dass mein Vater als 19jähriger Besatzungssoldat 1942 in Piräus in heftiger Liebe zu einer Griechin aus bestem

Haus entbrannte, die 1944 als Kollaborateurin von Partisanen erschossen wurde? – „... wirklich eine tragische Geschichte!", wie er einmal ergriffen gestanden hatte; in seinem fragmentarischen Kriegstagebuch war davon allerdings keine Rede.
Usw. usf.

Hinterlassene private und amtliche Text- oder Bilddokumente mögen allzu wilde Spekulationen über eine abgeschlossene Lebensgeschichte einigermaßen eindämmen, aber dass sie deren Essenz wahrhaftiger wiedergeben als die entsprechenden mündlichen Überlieferungen und Legenden, ist zu bezweifeln.
Gleichwie: Wem daran liegt, dass solche Geschichten nicht mit denen, die sie erlebten oder erdachten, für immer aus der Welt verschwinden, der sollte sie erzählen – nicht weil sie (womöglich gar im Vergleich zu anderen) so ungeheuer wichtig wären, sondern einfach weil es sie *gab*.

Lebensläufe

1

Meine Mutter (Marion) wurde 1913 in Wanne-Eickel geboren. Mit ihrer Schwester arbeitete sie seit den späten 1920er-Jahren als Artistin und Akrobatin (Marion & Irma) in Varieté und Zirkus, gemanagt von ihrem Bruder (Hans Schröer), der durch die Heirat mit einer Althoff-Tochter (Jeanette) Einlass in diese Zirkusdynastie fand.

Die Schwestern waren in den 1930er-Jahren Stars auf den großen Varietébühnen Europas sowie Süd- und Nordamerikas. Mit Beginn des Zweiten Weltkriegs waren ihre Tourneen auf die Achsenmächte beschränkt, wobei sie zuletzt der deutschen Soldateska als Truppenbetreuer folgten. Letzte Station 1941–45: Prag, wo Marions Artistenkarriere infolge eines schlecht behandelten Armbruchs endete. Sie brachte dort 1942 meinen Bruder zur Welt, Frucht der Beziehung mit einem deutschen Besatzungsoffizier, der sich 1945 kurz vor der Befreiung der Stadt auf Nimmerwiedersehen mit ihrem Schmuck und Geld aus dem Staub machte. Marion gelang mit meinem Bruder die Flucht zu den Amerikanern. Nach einer langen Odyssee kamen sie schließlich 1946 oder '47 nach Köln, zu Zirkusverwandten (der Schwester von Jeanette: Carola Williams). Marion arbeitete im sogenannten „Williamsbau" (dem ersten größeren Veranstaltungsort im Nachkriegs-Köln) als Kartenverkäuferin und Bedienung (ein immenser beruflicher Absturz), bis sie dort 1949/50 meinen Vater kennenlernte und wenig später heiratete.

Mein Vater (Manfred) kam 1923 in Köln zur Welt, als einziges Kind einer Lebensmittel-Einzelhändlerin mit ländlichen Wurzeln (Henny) und eines Tabakwaren-Kaufmanns. Er sollte ein für damalige Verhältnisse „großer" Mann werden (1,93 m) und wollte das auch im übertragenen Sinn, wobei seine Träume dem Aufbau eines Wirtschaftsimperiums galten. Dem stand Verschiedenes entgegen, zunächst der Krieg, der ihn als Gebirgsjäger bis nach Griechenland und 1945 verwundet und desillusioniert zurück nach Köln führte; dann das Provisorium des Nachkriegs, in dem er wie viele Überlebende zunächst die verlorene Jugend nachzuholen bemüht war, ein sentimentaler Träumer und extravertierter Entertainer (der sich an jedes Musikinstrument wagte), zugleich voller Pläne für die Zukunft. Er versuchte sich, nach Notabitur und Kaufmannsdiplom, in verschiedenen unrentablen Berufen, unterstützt von seiner dominanten Mutter Henny (der Vater, schon im Ersten Weltkrieg Soldat, war 1940 an der Westfront während der Drôle de guerre versehentlich zu Tode gekommen).

Die Ehe mit der zehn Jahre älteren früheren Artistin (Mutter und Geliebte in einer Person) stieß bei den Angehörigen beider Gatten zunächst auf Ablehnung. Für die einen zählte Marion zur Bohème, für die anderen Manfred zu den bürgerlichen Spießern. Meine Geburt 1952 brachte immerhin die Anerkennung durch Großmutter Henny.

Die Ehe allerdings glückte nicht, wohl auch darum, weil Marion nicht mehr bereit oder in der Lage war, als ehemaliger Bühnenstar nun an einer weit banaleren Karriere mitzuarbeiten, der eher leichtlebige Manfred jedoch gerade eine ihn disziplinierende (und organisierende) Partnerin an seiner Seite benötigte, um seinen ehrgeizigen beruflichen Zielen näher zu kommen.

1958 lernte er meine spätere Stiefmutter (Margret) kennen, eine gut geerdete attraktive 20-Jährige, die ein Jahr später mit meiner Schwester niederkam[1], woraufhin er meine Mutter (und mich) verließ und die Scheidung einreichte. Marion kämpfte dagegen noch ein Jahr lang an, dann gab sie auf und griff nach erfolgter Scheidung zur Flasche – ein umständlicher Suizid,

---

[1] Was, wie schon in meinem Fall, Henny mit dem Ehebruch ihres Sohnes versöhnte.

denn erst nach einem Jahr war sie gesundheitlich so ruiniert, dass sie 1962 an einer Lungenentzündung starb.

Margret (die dann für 52 Jahre meine „eigentliche" Mutter wurde), 1938 geboren, verlor schon mit dreizehn ihren Vater, einen kleinen Bauunternehmer. Durch dessen frühen Tod war ihr und ihren beiden Geschwistern der weitere Besuch der höheren Schule nicht länger möglich, sie machte stattdessen eine kaufmännische Lehre und wurde auch dadurch diejenige, die mein Vater für seine Karrierepläne benötigte.
Zunächst allerdings war die finanzielle Lage der neuen Familie durch mehrere Pleiten und Schulden äußerst prekär. Der Erfolg stellte sich erst ein, als beide Eltern 1965 in eine sich gerade in Europa etablierende US-Firma einstiegen, dort schließlich hohe internationale Manager-Posten einnahmen und in kurzer Zeit sehr viel Geld verdienten. Schon 1985 konnten sie sich in dem kleinen Dorf Mierscheid nahe Eitorf, 65 km von Köln entfernt, aus dem Großmutter Henny stammte, zur Ruhe setzen; den schlichten kleinen Wohnsitz der Familie bauten sie zu einem großen luxuriösen Anwesen aus, in dem sie bis zu ihren Freitoden (2013 und 2014) lebten. Ihr erhebliches Vermögen hatten sie am Ende nahezu aufgebraucht.

2
Bis zu Marions Tod im März 1962 hatte ich mich in der Welt zu Hause gefühlt. Ich galt als aufgeweckt und fantasievoll und zählte in der Volksschule mühelos zu den Besten, ohne ein Streber zu sein. Folgerichtig wurde ich zum Anführer bei den diversen kindlichen Aktivitäten, für die es in den 50er-Jahren noch sehr viel wilden Raum gab – in der Stadt wie auf dem Land, wo ich die Ferien bei Oma Henny verbrachte.

Seit mein Vater uns verlassen hatte, nötigte mich meine ständig alkoholisierte und mit ihrem Los hadernde Mutter, die Nächte bei ihr im Ehebett zu verbringen. Eines abends jedoch verbannte sie mich, fiebernd und delirierend, handgreiflich daraus, mit dem hasserfüllten Vorwurf, ich trüge die Schuld an all ihrem Elend, weil Manfred sie nicht verlassen hätte, wenn es mich nicht gäbe. Als sie schließlich zu toben begann, holte ich Nachbarn herbei, die einen Arzt riefen, der sie in ein Krankenhaus einwies. Als sie fort war, war ich erleichtert.

Drei Tage später, an Karnevalsdienstag, klingelte das Telefon, ich nahm ab und eine barsche Krankenschwester teilte mir mit, dass meine Mutter gerade gestorben sei. In diesem Augenblick war meine Kindheit vorüber.

Man schaffte mich gleich zur neuen Familie meines Vaters. Am nächsten Tag erschienen dort Onkel Hans und Tante Jeanette vom Zirkus, die ich nur aus übelwollenden Erzählungen kannte (es hieß, Netty, die Dressurreiterin, würde ihre Kinder mit der Reitpeitsche erziehen) – ich sollte mich entscheiden, bei wem ich künftig leben wolle. Mir war klar, dass ich eine Partei verletzen musste, aber ich entschied mich für meinen Vater, seine neue Frau und meine kleine Schwester.

Damit änderte sich auch mein Wohnort (statt einer großen Wohnung in Köln-Bickendorf nun eine winzige in Nippes), einen Monat später folgte der Wechsel aufs Gymnasium, sodass ich die meisten meiner Freunde verlor, die auf der Volksschule zurückblieben.

Das Verhältnis zu Margret, der Stiefmutter, war ein Jahr lang extrem schwierig und angespannt. Sie hatte keinen Augenblick gezögert, mich (und auch meinen 20-jährigen Bruder) aufzunehmen, kam aber mit dem vernachlässigt-verwahrlosten 10-Jährigen, der ich war, nicht zurecht, torpedierte ich doch ihre

Sehnsucht nach einer ordentlichen, sicheren, wohlorganisierten Existenz. Ich begriff nicht, was sie wollte, nur, dass ich ihr das ohnehin nicht leichte Leben noch zusätzlich erschwerte. Es gab lautstarke Kräche, auch Prügel, bis ich, mit elf, eines Nachts aufstand und ein paar kräftige Schlucke Essig-Essenz nahm, um zu sterben. Doch in jäher Panik neutralisierte ich die Säure mit Unmengen Wasser und überlebte. Von nun an funktionierte ich in der Familie einwandfrei. Da ich weiterleben wollte, gab es keinen anderen Ort. Von meinem Selbsttötungsversuch erfuhr niemand. Fortan aber neutralisierten die beiden Personen, die ich war, einander, sodass ich mich wie eine Null fühlte.

3

So angepasst ich nun zu Hause war, so widerständig agierte ich in der neuen Schule, zunächst nicht vorsätzlich, sondern aus dem Elend meiner lädierten Seele heraus. Das Überflieger-Image der Volksschule war dahin, auf dem Gymnasium schaffte ich in den ersten Jahren kaum die Versetzungen, gehörte zu den fortwährend bestraften Störenfrieden.

Für diese Rolle (gegenüber einer elitären, autoritären Institution, damals eine reine Jungenschule mit noch viel Nazi-Geist) fand ich (gewissermaßen verhaltensgestörte Avantgarde) erst einen Rahmen, als die Jugendrevolte der 1960er-Jahre sie legitimierte. Insbesondere die Musik (plus Kleidung und Frisur) schien einen Ausweg aus der Misere zu bieten, und das nicht nur mir. 1966 gründete ich eine Beatband, die bis 1970 in Jugendheimen, auf Parties und in Kneipen aufspielte. Diese Bühne erlaubte mir, (ein wenig bewundert) bei meinesgleichen, vor allem den wunderschönen Mädchen, zu sein, ohne durch zu große Nähe meine Null- und Nichtigkeit zu offenbaren. Die ersten Liebschaften mit dreizehn, vierzehn (noch sexfrei) endeten rasch – ich verhielt mich wie ein tumber Tor, der nichts zu sagen und zu tun wusste.

Die Konsequenz: Rückzug. Und in der Schule zunehmende Opposition, in moralischer Rigorosität – schienen sich doch meine opportunistischen Mitschüler nach kurzer Revolte schon wieder den Gegebenheiten anzupassen, um weiter zu kommen. Ich hingegen, heroisch, stieg immer weiter aus und verließ schließlich 1970 nach der Unterprima die Anstalt, ohne Pläne für die Zukunft. 1971 verweigerte ich den Wehr- und den Ersatzdienst, und um dem Gefängnis zu entgehen, zog ich mit Schwester und Eltern nach Belgien, wohin sie aus beruflichen Gründen übersiedelten. Mein Bruder, mittlerweile verheiratet, blieb in Köln.

4

Spätestens seit 1968 (Zufall?) wollte ich dreierlei: herausfinden, wie die Welt beschaffen ist und was mein Leben darin so schwierig machte, sowie nebenher möglichst ein „guter" Mensch werden. Den Weg dahin sollte mir vor allem die Literatur ebnen, als Leser wie als Autor. Meine „Bildung" nahm ich nun in die eigenen Hände, endlich befreit von der eindimensionalen schulischen Vermittlung verwertbaren Wissens, an dessen Stelle ein schillernder Kosmos lebendiger Wechselbeziehungen trat. Dieses autodidaktische „Studium" und das eigene Schreiben bildete nach und nach die Basis für eine instabile Identität, die mich fortan trug und am Ende (in den Jahren 2023/24) zu der merkwürdigen Hinterlassenschaft von sieben schmalen Bänden führte: erzählende Prosa, Lyrik, Songs, Essays.

Drei Jahre lebte ich noch bei meiner Familie in Belgien, betätigte mich dort, neben meiner Lese- und Schreibarbeit, als Gärtner und Chauffeur. 1974 zog ich ins nahe Aachen, wo ich in einem antiautoritären Kinderladen, den linke Eltern betrieben, als Helfer mitarbeitete – ein verspätetes Erwachsenwerden, das neben dem ersten Geldverdienen auch den ersten Sex mit sich brachte. Endlich war ich in der Lage, halbwegs selbstbewusst zu kommunizieren und Liebesbeziehungen einzugehen, wenngleich stets unter der Gewissheit des Scheiterns.

5

Von solchem Scheitern nicht ausgenommen war auch die Landkommune, die wir 1978 zu sechst nahe Stolberg gründeten: ein Paar aus dem Kinderladen, meine damalige Partnerin und ich, ein alternativer Psychotherapeut mit seiner Lebensgefährtin. Letzterer, in der Aachener Szene ein angesagter Guru, bot ein eklektisches Konglomerat verschiedenster Therapieformen an, das nicht einzelne Leiden beseitigen sollte, sondern den Patienten (oder Jünger) komplett (totalitär) von seiner bisherigen verfehlten Geschichte befreien. Dazu gehörte auch, dass diejenigen, die unter ernsten psychischen Störungen litten und bislang konventionell (von der ignoranten „Schulmedizin") behandelt wurden, ihre Medikamente absetzen mussten, um endlich „frei zu werden". Derart frei wurde auch einer unserer Mitbewohner, seit Jahren wegen starker manischer Depression medikamentös eingestellt, der nach dem Absetzen seiner Mittel in eine nicht enden wollende manische Phase geriet und zuletzt, da seine Umgebung seine freudlose Euphorie nicht teilen konnte, eines Nachts das Haus über unseren Köpfen anzündete. Ende der Kommune.

Zeitgleich löste sich auch der Kinderladen auf. Ich wurde arbeitslos und zog, da ich dort eine günstige Wohnung fand, wieder nach Köln – ein falscher Schritt, denn sogleich erreichte mich ein Einberufungsbefehl der Bundeswehr. Ich beschloss, mich mit meiner Gefährtin nach Griechenland abzusetzen, unterstützt von meinen Eltern, die mittlerweile aus beruflichen Gründen in Piräus lebten – sie suchten gerade einen neuen Bootsmann für ihre Yacht und wollten meiner Partnerin einen Job in der deutschen Kolonie Athens verschaffen.

Ich reiste allein voraus, bezog eine Wohnung in der Nähe des Yachthafens und richtete sie mit unseren aus Deutschland eingetroffenen Habseligkeiten ein. Nach vier Wochen teilte mir meine Gefährtin mit, dass sie, weil sie sich in einen anderen Mann verliebt habe, in Deutschland bleibe.

6

1981 kehrte ich nach Köln zurück, nachdrücklich gedrängt durch ein heftiges Erdbeben am 24. Februar – vor allem aber hatte ich mir mit dem Bootsmanns-Job und Aufträgen von einer Athener Werbeagentur zunächst das Geld für den Umzug verdienen müssen und natürlich sicher sein wollen, dass mich das Militär nicht länger behelligen würde.

Nach Köln brachte ich ein Bühnenstück mit, einen Comic-Strip in Szenen und Songs („Romy & Julian"), der durch die Vermittlung meiner Schwester 1982 an der Studiobühne aufgeführt wurde und dem dort ein Jahr später eine Bearbeitung und Inszenierung von Brechts „Happy End" folgte. Parallel erschien zum ersten Mal ein Text von mir, in der Suhrkamp-Anthologie „Liebesgeschichten". Daneben und in den folgenden Jahren arbeitete ich in wechselnden Jobs, als Lagerarbeiter, Raumausstatter-Hilfskraft, Assistent eines Architekten und sechs Jahre lang als freiberuflicher Sachbearbeiter in einer großen EDV-Firma. Nebenbei half ich Freunden und Bekannten bei ihren Diplom-, Magister- und Doktorarbeiten, eine von ihnen wurde Lektorin (und später „Editing Manager" oder „Managing Editor") in einem Kölner Verlag und bat mich bald um Hilfe bei der Verbesserung von Texten – woraus sich meine eigene selbstständige Lektorentätigkeit ergab, mit der ich in den folgenden 25 Jahren mein Geld verdiente.

7

Seit meine Eltern sich 1985 auf dem Land niedergelassen hatten, fuhr ich in der Regel zweimal in der Woche zu ihnen, um einige Stunden in ihrem ausgedehnten Garten zu arbeiten – ein willkommener Ausgleich für das naturferne Stadtleben.

Ab 2009, nachdem mein Vater zunehmend gebrechlicher und depressiver wurde, fiel es vor allem mir zu, den beiden in dieser dramatischen Lage beizustehen – dramatisch auch darum, weil sie schon lange zuvor vereinbart hatten, gemeinsam aus dem Leben zu scheiden, wenn er 90 und sie 75 Jahre alt wäre oder einer von ihnen unheilbar erkrankte. Tatsächlich zog sich mein Vater 2013 (mit 89) bei einem schweren Sturz inoperable Brüche zu, sodass sein Tod infolge Organversagens nur noch eine Frage der Zeit war. Das Krankenhaus entließ ihn zum Sterben nach Hause, worauf die Eltern uns ankündigten, dass sie sich in einer bestimmten Nacht umbringen würden – an den Tagen davor konnten wir uns von ihnen verabschieden.

Mein Vater starb in besagter Nacht, meine Mutter allerdings überlebte – um sich ein Jahr später mit dem Insulin meines Vaters (und ohne Vorankündigung) zu töten. Eine Nachbarin fand sie bewusstlos, aber noch lebend, doch acht Stunden später verschied sie auf der Intensivstation des Eitorfer Krankenhauses; meine Schwester und ich waren dabei. Das Ende unserer Familie.

8

Mein eigener Lebenslauf bewegt sich, seit ich 60 wurde, beschleunigt auf sein Ziel, den Tod, zu, dessen Termin selbst zu bestimmen ich mir vorbehalte – in der kommenden Woche werde ich mit meiner Hausärztin über Sterbehilfe sprechen.

En détail

Am frühen Abend des 11. November 1958 folgte wie in jedem Jahr auf den Köln-Bickendorfer Martinszug das große Martinsfeuer im Stoppelfeld jenseits der kleinen Rochus-Kapelle. Dank meiner von Batterien betriebenen Laterne, die mein Vater konstruiert hatte, bedachten mich meine Freunde, die unentwegt die Kerzen in ihren Laternen erneuern oder immer wieder anzünden mussten, mit neidvollen Blicken; allerdings verschwieg ich ihnen, dass meine innovative Leuchte durch die Batterien so schwer war, dass ich sie kaum zu tragen vermochte.

Das große Feuer brannte bereits, als wir ankamen, und wir postierten uns in der zweiten oder dritten Reihe hinter älteren Kindern. Ein Junge, der ganz nah am Feuer stand, warf unter dem Gejohle seiner Freunde irgendetwas in die lodernden Flammen. Einen Augenblick später gab es ein Knallen wie von Schüssen und lautes Geschrei. Ein paar Erwachsene drängten uns von der Feuerstelle weg, zwei Polizisten, die den Zug begleitet hatten, kümmerten sich um einige laut weinende Kinder.

Meine Freunde und ich machten uns schnell auf die Runde durch die Häuser, um im Namen St. Martins Geld und Süßigkeiten zu ersingen – das hilfreiche Lied endet:

„Hier wohnt ein reicher Mann,
der uns was geben kann.
Viel soll er geben,
lange soll er leben,
selig soll er sterben,
das Himmelreich erwerben.
Lasst uns nicht so lange stehn,
denn wir müssen weitergehn."

Am folgenden Morgen teilte uns der Klassenlehrer mit, dass in dem Martinsfeuer Munition aus irgendeinem Trümmergrundstück explodiert sei und mehrere Kinder verletzt habe, ein Junge aus der nächsthöheren Klasse, Konrad, hatte gar ein Auge verloren.

Vier Wochen später war dieser Konrad wieder in der Schule, er hatte nun ein Glasauge, das wir fasziniert musterten. Vor allem rätselten wir, wie es dahinter aussehen mochte. Gut gelaunt bot er an, das künstliche Auge herauszunehmen, wenn jeder ihm dafür 10 Pfennig zahlte. Natürlich bezahlten wir und schauderten dann vor der grausigen leeren Augenhöhle zurück, ohne doch den Blick von ihr abwenden zu können.

Das ging so einige Wochen weiter, bis unser Interesse erlosch. Konrad allerdings war nun der wohlhabendste von uns.

2

Aus ihrer Zeit als Artistin hatte meine Mutter einige Schätze in die 50er-Jahre hinübergerettet, z.B. einen merkwürdigen Krokodil- oder Schlangenledermantel mit passenden hochhackigen Schuhen (das Leder fühlte sich schuppig und rau an), eine kleine Kiste mit Schminkutensilien, deren spezieller Duft mich anzog, und, besonders (furcht)erregend, in einem roten Stoffbeutel einen indianischen Schrumpfkopf aus Brasilien, an dem ein abstoßender Geruch haftete. Kaum zu fassen, dass das der Kopf eines wirklichen erwachsenen Mannes war, aber noch entsetzlicher, dass man ihm diesen Kopf brutal abgetrennt hatte. Seine Miene war so fremdartig, dass sie sich nicht deuten ließ, und durch seine Winzigkeit erschien er wie eine unheimliche Mischung aus Puppe und Monster.

Eine Nachbildung der Nofretete-Büste (seit 1913 in Deutschland) hatte Marion aus Ägypten mitgebracht (oder aus dem Neuen Museum in Berlin); in meinem Bücherregal sucht sie Blickkontakt mit einer marmornen Sphinx, die wiederum Manfred, Margret und meine Schwester in den 1980er-Jahren bei einem (gesicherten) Besuch im Land am Nil erstanden.

So lange Marions Ehe mit meinem Vater glückte, sprach sie nicht oft von ihrer Zeit auf den Bühnen und in den Manegen der Welt, meist beim Durchblättern alter Fotoalben, die vor allem die damaligen Reisen festhielten: auf luxuriösen Ozeanriesen (stets in exquisiter Kleidung, beim Speisen, beim Sonnenbaden, am Swimming-Pool, bei der Äquatortaufe) oder in nicht minder pompösen, großräumigen Eisenbahn-Speise- und Salonwagen (Pullman).

Gern erzählte sie, dass sie, Irma und Hans im Mai 1937 eigentlich mit dem Zeppelin „Hindenburg" in die USA hätten reisen wollen (der bei der Ankunft in Lakehurst explodierte), aber, da sie im Berliner Wintergarten für weitere Auftritte verpflichtet wurden, zu ihrer Amerika-Tournee erst Wochen später mit dem Schiff nach New York aufgebrochen seien.

Zuvor, im Januar 1937, hatten sie noch ein Gastspiel in London; am 18. Januar waren sie dort in einer frühen BBC-Television-Sendung zu sehen.

Im Internet fand ich nur wenige Fotos von Marion & Irma, darunter zwei Aufnahmen, die die beiden (mit anderen) halbnackt bei verschiedenen sportlichen Betätigungen zeigen, u.a. beim Tischtennis – offenbar wirkten sie während der Golden Gate International Exposition 1939 in San Francisco in der Sally Rand Nude Revue mit. Eine schöne Vorstellung, dass sie keine spießigen arischen Mädels waren.

Wie sie und die Zirkusverwandten zu den Nazis standen, lässt sich nicht mehr feststellen, die betagte Irma, als mein Bruder und ich sie 2001 in Mariánské Lǎzné (Marienbad) besuchten, erwähnte am Rande, dass Goebbels sie 1940 einmal nach einer Vorstellung in der Berliner Scala in der Garderobe aufgesucht habe – „Zu den Vorstellungen kamen ja immer irgendwelche Gangster und Halbwelttypen", hatte sie hinzugefügt.

Nicht Gangster, wohl aber Kollegen aus dem Zirkusmilieu hatte Marion in den 30er-Jahren in ihrem Sketchbook, das ich noch besitze, mit dem Bleistift erstaunlich treff- und stilsicher skizziert, porträtiert, karikiert – ein zeichnerisches Naturtalent, das sie gleichgültig versiegen ließ, obwohl es sie womöglich hätte retten können.

3

Nachdem mein Vater uns verlassen hatte, wurde Marions letzter Gefährte die Rotweinflasche – anfangs schlug sie in den Wein noch ab und an ein Eigelb („Gegen Blutarmut!"), nach der Scheidung verzichtete sie darauf und trank ihn nur noch pur. Mein Bruder, der damals eine Lehre machte und abends (weil er mit dem Absturz unserer Mutter nicht umzugehen wusste) möglichst spät nach Hause kam, versteckte die Rotweinflaschen regelmäßig überall in der Wohnung – vergebens, denn ich spürte sie auf Marions Geheiß immer wieder auf. (Heute frage ich mich, warum er sie nicht einfach entsorgt hat.)

Als das Geld knapper wurde, riss sie sich noch einmal zusammen und nahm einen Job bei Woolworth in der Venloerstraße an; im offenen Eingangsbereich postiert, sollte sie heruntergesetzte Klamotten aus einem riesigen Wühlkasten verkaufen. An ihrem zweiten Tag wollte ich sie nach der Schule dort besuchen, unterließ es aber, als ich sie vom Bürgersteig aus mit ihrem aufgeschwemmten zerstörten Gesicht wie in einer Glasglocke regungslos neben den Waren stehen sah, ohne irgendeinen möglichen Kunden auch nur anzusehen. Entsetzt spürte ich ihre bodenlose Einsamkeit und machte mich davon. Einen Tag später hatte man sie rausgeworfen.

4

Oma Henny, ehe sie Mitte der 1950er-Jahre ins Dörfchen Mierscheid zog, betrieb in Bickendorf einen Lebensmittelladen; sie bewohnte eine geräumige 3-Zimmer-Wohnung am Haselbusch, während Marion, Manfred, mein Bruder und ich in einer armseligen kleinen Baracke am Gottesweg hausten. Bei einem Besuch bei Henny hätte ich, der Dreijährige, so die Familienlegende,

alle Teppiche und Läufer, wie zum Abtransport, zusammenge-
rollt. Meine Erklärung auf Nachfrage: „Omi hat so viele, wir haben keine." (Aus dem Leben eines Frühsozialisten)

5

Die christliche Volksschule, in die ich 1958 kam, war ein moder-
ner Zweckbau aus dem Jahr 1953, der engelsgleich aus zwei
Flügeln beidseits des Schulhofs bestand, einem katholischen
und einem evangelischen. Der Unterricht fand konfessionell
getrennt statt, doch immerhin waren in den Klassen beide Ge-
schlechter vertreten. Der Klassenlehrer (Kremp), ein relativ jun-
ger Mann, unterrichtete sämtliche Fächer mit Ausnahme von
Religion – die war einem strengen, düsteren Geistlichen vorbe-
halten, der jeden Montag schriftliche Entschuldigungen der Eltern von jenen Schülern verlangte, die sonntags nicht in der
Messe waren. Meine Eltern, Atheisten, überließen es mir, den
Gottesdienst zu besuchen und schrieben mir die nötigen Frei-
briefe, wenn ich zu Hause blieb – was zunächst gar nicht oft
der Fall war, denn bei der Sonntagsmesse traf ich die meisten
meiner Freunde und wir tauschten die bunten Hochglanz-
Heiligenbildchen, die wir in den Gebetbüchern vorfanden. Die
Motive dieser Bilder und auch die dramatischen Geschehnisse
des Neuen Testaments lösten bei uns gelegentliche (kurzfristi-
ge) Glaubensschauer aus (zumal mangelnder oder fehlender
Glaube unnachsichtig bestraft würde), die sich in meinem Fall
allerdings anlässlich der Erstkommunion unwiederbringlich ver-
flüchtigten.

Die Vorbereitungen dieses Ereignisses (zu dem man mit diversen Geschenken inkl. der obligaten Armbanduhr rechnen durf-
te), mein erster Anzug, der Kommunionsunterricht und die Pro-
ben zur Inszenierung, hatten mich noch gefesselt, insbesondere
die vorangehende erste Hl. Beichte, zu der man uns bedruckte

Zettel handreichte, auf denen alle nur denkbaren Sünden aufgelistet waren. Unter einigen konnten wir uns kaum etwas vorstellen (z.B. „Ich habe Unkeuschheit getrieben"), sodass wir beschlossen, bei der Beichte den Zettel einfach komplett vorzulesen, um nur ja keine Sünde auszulassen – der sogenannte Beichtvater, ein Kaplan, staunte nicht schlecht.

Die Kommunionsfeier selbst, bei der festlich gekleidete Verwandte und Bekannte zugegen waren, verlief reibungslos, bis wir Erstkommunikanten uns in die Bänke vor dem Altar knieten, um erstmalig den Leib Christi in Empfang zu nehmen. Der Priester verabreichte jedem mit ein paar gemurmelten Worten die gesegnete Hostie, doch als er sich mir näherte, fühlte ich einen übermächtigen Lachkrampf in mir wachsen, so dass ich, als die Reihe an mir war, den Mund nicht öffnete, so sehr er auch versuchte, mir das fade Gebäck zwischen die zusammengepressten Lippen zu schieben. „Nach der Messe in die Sakristei!", befahl er, und dort, ohne meine Erklärung abzuwarten, empfing er mich mit zwei heftigen Ohrfeigen und groben Beschimpfungen, die mir, welch Wunder, auf der Stelle allen Glauben nahmen, zumal mir in diesem Augenblick das Gerücht einfiel, dieser fette, müffelnde alte Mann habe ein Verhältnis mit seiner ebenso fetten Haushälterin, und bei der Vorstellung dieser speziellen Form der Unkeuschheit kam mir der Magen hoch.

6

Obschon offiziell katholisch, zeigte Oma Henny in der Regel keinerlei Glaubenseifer. Nur auf nächtliche Gewitter reagierte sie mit geradezu hysterischer Angst, dann riss sie mich, der fast alle Schulferien bei ihr auf dem Land verbrachte, aus dem Schlaf, um mich zu dem kleinen, für diesen Zweck errichteten Altar über der Treppe zu zerren; nachdem sie mit zitternden Fingern drei Kerzen entzündet hatte, knieten wir nieder und sie flehte laut: „Lieber Gott, verschon mich nur dieses eine Mal noch, dann werde ich täglich beten und jeden Sonntag in die Kirche gehen!"

Letzteres tat sie ohnedies, wenngleich nicht aus religiösen Gründen. Der zwei Kilometer lange Feldweg, der nach Mierscheid hinauf führte, endete dort auch, das Örtchen mit seinen zehn Häusern lag weit abgelegen von Eitorf, dem Gemeindezentrum. Nur dort gab es Geschäfte, Kneipen, Cafés und eben auch die Kirche. Aber nur *eine* Mierscheider Familie (Schneeweiß) besaß einen (kleinen) Pkw. Also sammelte jeden Sonntagmorgen ein angemieteter VW-Bus die herausgeputzten Gläubigen ein, um sie zur Messe nach Eitorf zu schaffen. Anschließend, und das war das Wesentliche dieses Ausflugs, hielt der Fahrer auf der Rückfahrt beim Konditor Baust, wo die gut gelaunten Reisenden sich mit Kuchen für den Nachmittagskaffee eindeckten.

Erst sehr viel später kam mir die Idee, dass Hennys Furcht vor nächtlichen Gewittern ihre Ursache wahrscheinlich in den zahlreichen Bombennächten hatte, die sie in Köln zwischen 1940 und 1945 in den unzureichenden Luftschutzkellern erlebte.

7

1967, als unsere Beatband (The Four X) eine gewisse lokale Popularität erreicht hatte, engagierte man uns auch für private Großparties von Abkömmlingen wohlhabender Eltern, deren Villen Platz dafür boten, vorzugsweise also in Marienburg und Junkersdorf. Zu einer dieser Veranstaltungen erschienen der Rhythmus-Gitarrist und ich stolz in wunderbaren schwarzen Capes, wie sie die Beatles in *Help* getragen hatten; es war uns gerade erst geglückt, sie aufzutreiben.

In einer Pause suchte ich die Toilette und überraschte in der großräumigen Garderobe die Eltern des Gastgebers, die unsere Capes begutachteten; die Frau zeigte auf das eingenähte Etikett und kommentierte kopfschüttelnd: „Wallpott, irgend so ein Billigladen in Ehrenfeld, wie können unsere Jungs sich nur mit solchen Proleten abgeben!"

In den gleichen Capes folgten wir zwei Monate später auf dem Melatenfriedhof dem Sarg eines Klassenkameraden, Dieter Conzen, der ein paar Abende zuvor in den zugefrorenen Aachener Weiher eingebrochen und ertrunken oder erfroren war. Unsere gesamte Klasse war zur Bestattung abkommandiert – ein passender Begriff, denn Dieters Vater war als hoher Berufsoffizier zur Beerdigung in Uniform erschienen.

Der Sport-Lehrer, der uns begleitete, musterte missbilligend unsere Capes und zischte: „Haltet ihr das für pietätvoll?"

Dieters Eltern hatten ihm nicht erlaubt, sich ein ebensolches Cape zu besorgen. Einmal hatte ich ihm meins für eine Verabredung mit einem Mädchen geliehen. Er kam oft zu Auftritten unserer Band und wünschte sich jedesmal den Beatles-Song „Run For Your Life" aus „Rubber Soul".

8

Den Vorläufer des Albertus-Magnus-Gymnasiums, in das ich 1962 wechselte, die Schule Spiesergasse, hatte schon mein Vater besucht, ehe er Soldat wurde, aber nur einen seiner ehemaligen Lehrer (Musik?) erlebte ich noch in meinem ersten Jahr. Viel später erst realisierte ich, dass natürlich das komplette mittelalte Kollegium im Dritten Reich (a)sozialisiert und ausgebildet worden war. Und ehemalige Widerstandskämpfer oder Oppositionelle waren darin nicht zu entdecken. Im Gegenteil: Mein erster Klassenlehrer in der Sexta mit dem Fach Latein, ein rotgesichtiger, muskulöser Mann mit exakt gescheiteltem kurzen Haar, ließ uns bei seinem forschen Eintreten in die Klasse jedesmal aufspringen und ihn mit durchgedrückten Rücken laut begrüßen („Guten Morgen, Herr Doktor!"), ehe wir uns, von den Pulten wegtretend, mit 20 Kniebeugen für den Unterricht zu rüsten hatten, den er mit einem kurzen biegsamen Stock begleitete – vorrangig, um den Takt beim Herunterleiern der gelernten Vokabeln vorzugeben, aber auch um die Hände von Störern oder Unaufmerksamen mit einem raschen Schlag zu traktieren. Irgendwann vertraute er uns an, dass er sich in den Wirren des Nachkriegs zur französischen Fremdenlegion durchgeschlagen habe („Eine großartige Truppe!"), die er aber vor sieben Jahren aus Altersgründen und selbstverständlich aus Liebe zur alten Heimat verlassen hätte.

Mit Beginn der Mittelstufe wurden wir ihn los, nur um ihn von ähnlich strukturierten Figuren ersetzt zu finden, die zwar weniger militant auftraten, aber, da sie Kinder ebenfalls nicht mochten, ihre Machtposition nicht minder genussvoll auskosteten.

Den Widerstand dagegen mussten wir erst mühsam erlernen. Noch 1969 geschah es, dass der Biologielehrer Weber eines Tages mich, den Klassensprecher, zu Beginn seiner Stunde zu sich ans Pult befahl, sich neben mich stellte, mir mit einer Hand das schulterlange Haar (das ich wie John Lennon und Yoko Ono trug) aus der Stirn nach hinten strich und höhnisch meine größtenteils ebenfalls langhaarigen Mitschüler fragte: „Hat er nicht eine schöne Stirn? Warum verschandelt er sie nur mit dieser Affenfrisur?" Sie schwiegen betreten, und ich schlich schamrot an meinen Platz zurück. Das ging so einen Monat lang, zweimal in der Woche, bis ich endlich den Mut fand, einfach sitzen zu bleiben und Webers wiederholter Aufforderung, gefälligst nach vorne zu kommen, ein schlichtes Nein entgegen zu setzen. „Das werde ich mir merken!", drohte er, und ich merkte sehr wohl, dass er es sich merkte, und zwar an meiner nächsten Biologie-Note im Halbjahreszeugnis. Aber da hatte ich die Schule innerlich bereits verlassen.

9

Schon als Kind mochte ich keinen Fisch. Nur aus Routine, nicht aus christlicher Überzeugung, kochte Oma Henny jeden Freitag Fisch und für mich ein Omelett oder einen Pfannkuchen. Einmal jedoch setzte sie auch mir gebratene Fischstäbchen vor („Die schmecken gar nicht nach Fisch!"), die ich mich jedoch zu essen weigerte („Sie stinken aber danach!"). „Ehe du nicht aufgegessen hast, stehst du nicht auf!", verfügte sie drohend, verzehrte ihre Portion und betätigte sich in der Küche, um mich im Auge zu behalten. Nach drei Stunden schnupperte sie in der Luft und meinte resigniert: „Jetzt stinkt es tatsächlich. Mach dir ein Butterbrot und dann raus mit dir, du Dickschädel!"

Noch 1967, mit 15, wollte ich zwei Wochen in den Sommerferien bei ihr verbringen. Kurz vorher hatte ich mich auf einer Party in die hübsche Ellen verliebt, die versprach, mir an Hennys Adresse zu schreiben. Als ich in Mierscheid eintraf, empfing Henny mich mit finsterstem Gesicht und hielt mir einen geöffneten Brief hin – von Ellen. „Was soll das?", fragte ich erbost, „Du kannst doch nicht einfach meine Post lesen!"
„Oh doch!", erwiderte sie, „Wenn sich schon deine Eltern nicht darum kümmern ... Liebesgeschichten mit 15, das gibts nicht, nicht mit mir jedenfalls! Da schlägt wohl das Zirkusvolk bei dir durch! Wenn du hier bleiben willst, verbrenn den Brief auf der Stelle! Andernfalls ab nach Hause!"
Da ich in Mierscheid gute Freunde hatte, auf die ich mich freute, lenkte ich wütend ein und warf Ellens Brief ungelesen in den Kohleherd. Mein Trost: Ich hatte ja ihre Adresse in Maidenhead, wo sie in den Ferien war, und würde ihr heimlich schreiben, während sie mir an meinen Freund Heiner antworten könnte. Außerdem trug ich in Hemd oder Jacke ein Foto von ihr stets nahe an meinem Herzen (es zeigte sie, wie sie mit mir telefo-

nierte), musste allerdings höllisch aufpassen, dass es nicht Oma Henny in die Hände fiel.

10

Von Isis, die auf Ellen folgte, besitze ich nicht einmal ein Foto. Auf einem kurzen 8-mm-Stummfilm, den mein Vater 1968 bei einer Party drehte, sind wir sekundenlang beim Tanzen zu sehen, sie war da vielleicht 14 oder 15. Auch mit 15 kann eine Liebesgeschichte wahrhaftig, dramatisch und existentiell sein – unsere schwankte zwei Jahre lang heftig zwischen Nähe und Ferne. Isis' ganz spezielle Schönheit zog mich an, ließ mich aber immer wieder auch zurückweichen, aus Furcht, sie würde die lächerliche und fragwürdige Figur entdecken, die ich in Wahrheit war. Damals bahnte sich schon mein Abschied vom verlogenen Schein eines fraglosen Lebenswegs an, ohne dass ich die Gründe dafür kannte, ich fiel einfach aus den sozialen Zusammenhängen heraus – keine gute Voraussetzung für eine Liebesgeschichte.

Mit dem Umzug nach Belgien 1971 endete unser Kontakt ganz, auch wenn ich in dem Umstand, dass Isis in Köln an der Aachener Straße wohnte und ich im belgischen Hauset an der Rue d'Aix, einen verhaltenen Wink des Schicksals sah – das uns auch tatsächlich noch eine Chance eröffnete: 1972 schrieb sie mir mit zittriger Schrift aus einem Kölner Krankenhaus, dass sie nach einem Blinddarmdurchbruch gerade dem Tod entgangen sei. Am gleichen Abend fuhr ich nach Köln und besuchte sie in der Klinik. Da ihr Vater Arzt war, lag sie in einem Einzelzimmer. Als ich verlegen eintrat, brach sie in Tränen aus, ich setzte mich auf die Bettkante, sie zog mich an sich und umarmte mich, dann fasste sie meine Hände und küsste jeden einzelnen meiner Finger – eine solch zärtliche Geste hatte ich nie erlebt.

An diesem Abend war unsere wechselseitige Zuneigung unge-
trübt, zweifelsfrei und ehrlich, führte aber dennoch nicht in eine
gemeinsame Zukunft, so sehr ich mich auch ein paar Wochen
lang bemühte, jenen souveränen Erwachsenen wenigstens *dar-
zustellen*, der Isis, die nach dem Abitur gerade begann, ihr Leben selbstbewusst, umsichtig und mutig in Angriff zu nehmen,
ebenbürtig gewesen wäre – keine gute Voraussetzung für eine
Liebesgeschichte, sondern absurdes Schmierentheater, das ich
mir spätestens eingestand, als ich Isis eines Nachmittags zu
ihrer Großmutter begleitete, einer großbürgerlichen älteren
Dame, die in einer noblen Junkersdorfer Wohnung lebte. Ich
deutete diesen Besuch verblendet als Einführung in Isis' wohl-
betuchte Familie und kleidete mich zu diesem Anlass (ge-
schmack- und instinktlos) neu ein: Anzug, Hemd, Krawatte,
Mantel. Isis jedoch erschien in alten Jeans und Sweatshirt, denn
den von mir vermuteten (und befürchteten) Anlass gab es
nicht, vielmehr schaute sie jede Woche einmal bei ihrer Oma
vorbei, mit der sie sich besser verstand als mit ihren Eltern.
Nichts weiter.

Die alte Dame begrüßte mich freundlich, wenn auch spürbar
befremdet über meine Kleidung und mein steifes Benehmen
(mit den aktuell lockereren Umgangsformen vertrauter als ich),
während ich, zunehmend panisch, weiter den souveränen jungen Mann zu spielen versuchte, ohne doch souverän genug zu
sein, meinen Irrtum, meine Lüge grinsend einzugestehen –
obschon es tatsächlich lächerlich oder lachhaft endete, als Isis'
Oma mir einen Cognac anbot, den ich, keineswegs kennerhaft
und weltläufig, hinunterstürzte, sodass mir für zehn Minuten
der Atem stockte und ich mit hochrotem Kopf und brennender
Kehle kein Wort mehr zur Konversation beitragen konnte. Ich
hatte noch nie einen Cognac getrunken. Die peinigende Niederlage war perfekt und die endgültige Trennung von Isis unaus-
weichlich.

Zwei Jahre später benutzte ich eine Inkarnation von ihr, um endlich, in den Fußstapfen von Peter Weiss, meinen allfälligen Abschied von den Eltern zu bewerkstelligen. Ich war nun 22, hatte viel gelesen, nachgedacht und geschrieben, aber meine sozialen Kontakte waren seit vier Jahren auf meine Familie beschränkt; diese enge, falsche Welt schnürte mir mittlerweile den Atem ab, doch ich sah keinen Weg hinaus.

Hilla, 16, eine Freundin meiner Schwester, war im August 1974 bei unserer familiären Schiffstour durchs Ionische Meer dabei. Optisch ähnelte sie ein wenig der 16jährigen Isis, was auch mich wie in einer Zeitreise verjüngte, sodass ich mich jählings wieder wie der unerbittliche Rebell fühlte, der sich ehedem durch nichts, weder Verheißungen noch Drohungen, hatte korrumpieren lassen, ganz im Minnedienst existentieller Wahrhaftigkeit, bereit, den Preis dafür zu zahlen, selbst das Herausfallen aus der Welt.

Hilla-Isis' Anwesenheit an Bord entlarvte jedoch, dass ich mich unterdessen (in den Fußstapfen von Kafka) keineswegs rebellisch, sondern bloß resigniert in vielleicht quälender, aber bequemer, ja luxuriöser (und erbärmlicher) Isolationshaft eingerichtet hatte, aus purer Furcht davor, mein Leben, auch ohne Garantie auf Erfolg, wieder in die Welt zu transportieren.

Exakt das geschah nun aber, verspätet, auf dem mythischen Meer, das schon Odysseus, Spielball der Götter, befahren hatte. Zur Verwunderung aller (mich eingeschlossen) verkörperte ich in der Familienshow mit einem Mal nicht länger die Rolle des spinnerten introvertierten Subalternen, denn meine Selbstachtung, unter Hilla-Isis' Augen neu erwacht, ließ das nicht mehr zu – diesmal waren es die Fußstapfen Hermann Hesses: „Der Vogel kämpft sich aus dem Ei. Das Ei ist die Welt. Wer geboren werden will, muss eine Welt zerstören."

Ich zerstörte keine Welt, durchtrennte aber immerhin die künstliche Nabelschnur, die mich so beschämend an die Eltern fesselte – ein von Krächen und Streit begleiteter Gewaltakt, denn auf friedliche Weise hätte ich den Ausbruch nicht geschafft. Von Korfu aus, auf halber Strecke der geplanten Schiffstour, reiste ich (mit Hilla) nach Belgien zurück, suchte mir in Aachen eine Wohnung (10 möblierte Quadratmeter im Adalbertsteinweg), schaffte meine wenigen Habseligkeiten (Bücher, Schallplatten, Kleidung) dorthin und fand einen Job als Helfer im Kinderladen am Pappelweiher. Ein Umsturz in zwei Wochen. Aber schon im April hatte ja die Nelkenrevolution Portugal von der Diktatur des Estado Novo befreit, und in Griechenland war im Juli die Militärjunta abgetreten. Viele Wege zur Freiheit.

„Nun ist es mir doch noch eingefallen: Das Mädchen hieß Marlis Gabler, hat später einen Augenarzt geheiratet und lebt seit zwanzig Jahren in Köln-Müngersdorf", vermerkte der Schriftsteller Werner Koch 1979 im dritten Band seiner See-Leben-Trilogie auf Seite 61 der Taschenbuchausgabe. Er leitete für einige Jahre die Programmgruppe Kultur beim Westdeutschen Rundfunk, und seine langjährige Assistentin und Vertraute dort war Anna, die ältere Schwester meiner Stiefmutter Margret. Einmal sprach ich mit ihr über den letzten Band, den ich gerade gelesen hatte, und sie erzählte, dass das fragliche Mädchen in „Jenseits des Sees" keineswegs Marlis Gabler hieß, nicht mit einem Augenarzt, sondern einem HNO-Arzt verheiratet war und nicht in Müngersdorf, sondern in Junkersdorf lebte, Mutter dreier Kinder. Tatsächlich, so Anna, hätte es sich bei diesem Mädchen bzw. der späteren Frau um Kochs große und sogar erwiderte Liebe gehandelt, die aber unerfüllt geblieben sei, weil die vorgebliche Marlis die Sicherheit, die ihr der Junkersdorfer Arzt bot, den Unwägbarkeiten der Verbindung mit einem freien, komplizierten Schriftsteller vorzog. Anna kannte den wahren Namen der Frau und nannte ihn – es war Isis' Mutter.

11

Als ich 1986 Utah Anders kennenlernte und mich auf der Stelle in sie verliebte, wusste ich nicht, dass sie nur Frauen zugetan war, worauf mich aber wohlmeinende Freunde sogleich hinwiesen, um mir die Vergeblichkeit meines Begehrens vor Augen zu halten – als ob es durch diese Information verschwände, oder als ob Utah für mich ihre (weit mehr als nur körperliche) Attraktivität verlöre, weil sie erotisch anders disponiert war als ich, der zweifelsfreie Hetero-Mann. Aber was heißt schon zweifelsfrei? Würde ich mich in einen Mann verlieben, müsste ich mich ebenfalls entscheiden: für die ehrliche Liebe oder für die verlogene Konvention. Und wenn dann dieser Mann ein zweifelsfreier Hetero wäre – Pech gehabt. Allerdings gab es einen solchen Fall bislang nicht, weil ich meine vage Vorstellung von (innerer wie äußerer) Schönheit bis heute tatsächlich ausnahmslos in Frauen verwirklicht finde – aktuell z.B., seit ich ein gewisses Interesse für Frauen-Fußball entwickelte, in Sara Doorsoun, Felicitas Rauch oder auch Pauline Peyrard-Magnin. Und wieder erfuhr ich erst *nach* meinem (platonischen) Entflammen, dass die drei sich wie Utah wohl eher für Frauen interessieren – und wie schon bei Utah nimmt ihnen diese Entdeckung nichts von ihrer (wenigstens mich) berührenden Schönheit.

Alt zu sein, hat nicht viel für sich. Ein Gewinn ist aber, endlich so frei zu sein, Objekte des legitimen Begehrens nicht auch noch *besitzen* zu wollen – wohlgemerkt ein Gewinn, keine Leistung, handelt es sich doch letztlich nur um die Kapitulation vor der verfallsbedingten Chancenlosigkeit. Bei Utah gab es eine solche Chance noch, und ich nutzte sie. (siehe „Liebe, Tod & Fritz Teufel")

12

Am 10. April 1970 trennten sich in London die Beatles, etwa zur gleichen Zeit gaben in Köln die Four X (zuletzt als Birds Movement) ihr Abschiedskonzert in einer Tanzschule am Ring, ein Foto zeigt mich auf der Bühne mit düsterem Blick, gestutzten Haaren und hässlichem Quäker- oder Rupert-Neudeck-Bart. Der Spaß war vorbei, die anderen hatten die Auflösung der Band beschlossen, um sich ganz dem anstehenden Abitur (und dem profitablen Ernst des Lebens) zu widmen – ein unverzeihlicher Verrat. Kurz zuvor hatte sich Isis von mir getrennt, kein Wunder, denn ich versteifte und verschloss mich immer mehr, ahnend, dass eine Katastrophe nahte, die mich vollends aus dem sozialen Kontext katapultieren würde.

Doch erst in den letzten Ferientagen vor Beginn des neuen Schuljahrs entschloss ich mich, die Schule abzubrechen – die Fortsetzung, das Abitur, ein Studium usf. hätten bedeutet, mich ebenso wie meine bisherigen Gefährten der korrumpierenden Macht des Faktischen zu beugen. Dabei, so meine Gewissheit, hätte ich mich auf immer verloren – während ich mich in der Musik, der Beat-Musik, auf- und wiederfinden konnte. Oder auch in der Literatur, die ich seit 1968 zu entdecken begonnen hatte, ausgelöst durch eine Kurzgeschichte Ernest Hemingways im Englischunterricht – meine Mitschüler gingen gelangweilt und kichernd über die blasphemische Gebetsparodie in „A Clean, Well-Lighted Place" hinweg („Our nada who art in nada, nada be thy name thy kingdom nada thy will be nada in nada as it is in nada ..."), in der *ich* jedoch mein Lebensgefühl oder genauer mein Nicht-Lebensgefühl präzise und schnörkellos ausgedrückt fand. Und ich wollte wissen, welche Art Leben diesem Autor solche Einsichten (und solchen Stil) ermöglicht hatte – mit dem Bändchen „Hemingway" von Georges-Albert Astre in den rororo-Bildmonographien eröffnete sich mir das fruchtbar wuchernde Feld der Sekundärliteratur. Astre erwähnte nebenher wesentliche Figuren der Literaturgeschichte des 20. Jahrhunderts: Eliot, Pound, Joyce, Yeats, Dos Passos, Fitzgerald, Gertrude Stein (voll Ehrfurcht bewunderte ich 1973 während eines Parisbesuchs in der legendären Buchhandlung Shake-speare & Company unerschwingliche museale Erstausgaben von „In Our Time", „Ulysses" und „Finnegan's Wake").

Die Lektüre Hemingways führte also zwangsläufig zu Eliots „Waste Land" und seinen „Four Quartets" sowie zu seiner Ro-wohltschen Bildmonographie und von dort aus zu weiteren Au-toren, insbesondere zu Hermann Hesse, Franz Kafka, Jean-Paul Sartre, Virginia Woolf usw. usf.

13

Die Kompromisslosigkeit, mit der ich als Achtzehnjähriger die Entscheidung traf, die Schule (und damit die fraglose Lebens-planung) zu verlassen, irritierte alle, die sich bemühten, mich wieder auf den rechten Weg zu bringen, vor allem meine Eltern. Aber sie hatten keine Chance, weil ich gerade in dem Lebens-modell, das sie (und die Schule und meine Mitschüler und die Tradition) propagierten, keine Chance für *mich* sah – allerdings auch in keinem anderen Modell, wusste ich damals doch nur, was ich *nicht* wollte, keineswegs jedoch, was ich (stattdessen) wollte, außer vielleicht, mein Leben nicht einer Fiktion zu über-antworten, in der sich alle Welt einzurichten schien. Ich hinge-gen, einsam und verlassen (oh Pathos!), bestand rigoros auf Wahrhaftigkeit, um mein klägliches Ego vor der alltäglichen Lüge zu retten.

Darum hatte ich nach dem Zerbrechen unserer Beatband in der Schule nur noch in jenen Fächern mitgearbeitet, die mich tat-sächlich interessierten (Deutsch, Englisch, Philosophie, Kunst, Geschichte), zu den anderen (Naturwissenschaften und Sport) war ich erst gar nicht mehr erschienen – was meine Mitschüler mehr irritierte als die Lehrer, sodass ich am Ende des Schul-jahrs in der Klasse völlig isoliert war. Die Zeugniskonferenz hübschte, um mir meine „Zukunft" nicht zu verbauen, mein Abgangszeugnis dadurch auf, dass sie meine exzellenten Noten in den Geisteswissenschaften senkte und die verheerenden in den Naturwissenschaften hob, sodass ein überaus gefälliger Durchschnitt entstand – in dem ich mich allerdings nicht wiederfinden konnte, sodass ich dieses Zeugnis erbost zurückschickte, mit der Aufforderung, mir gefälligst die korrekte, für jede mögliche Berufsanbahnung unbrauchbare Version zu schicken, da ich hoffe, niemals das Zeugnis einer solchen Institution für irgendetwas brauchen zu müssen.

Die Fassung, die ich daraufhin erhielt, war nur in Hinblick auf die miserablen naturwissenschaftlichen Noten korrekt, denn als kleine Rache hatte man ihnen nun auch meine sehr guten geisteswissenschaftlichen Beurteilungen angepasst. Schön, diese selbstgewissen Bildungssachwalter zu einer menschlichen Regung (Rache) provoziert zu haben.

14

Hemingway[2] war für mich der Urknall, durch den ein sich rasant ausdehnendes literarisches Universum entstand, in dem ich ein alternatives Zuhause fand, das mir im physischen Kosmos fehlte und worin ich überwintern konnte. Es schloss mich zwar, Sylvia Plaths Glasglocke nicht unähnlich, von der feindlichen realen Welt aus, der ich mich nicht gewachsen fühlte, schützte mich zugleich aber auch vor ihr – zunächst freilich nur bis zum Januar 1971, als mich das Kölner Kreiswehrersatzamt zur Musterung zitierte; da war sie, die Realität, und zwar in ihrer ernstesten Form, dem möglichen Ernstfall Krieg (den es ja z.B. in Vietnam nach wie vor gab).

---

[2] Natürlich steht er heute auf der Fahndungsliste diverser ahnungsloser und böswilliger inquisitorischer Kulturbereiniger, die die Kultur, alle Kultur, ihrem fanatischen Willen zur Macht unterwerfen wollen, wie es schon die katholische Inquisition blutig vorexerzierte. Von Platon bis Jim Knopf: nichts als politisch inkorrekte literarische Artikulationen!

Mit zitterndem Herzen und verschlossener Miene betrat ich pünktlich um 8 Uhr an einem frostigen Morgen Anfang Februar das abweisende Gebäude, in dem es von irritierten oder blödelnden Jugendlichen wimmelte, die von steifen kurzgeschorenen Uniformierten aufgerufen und zur ärztlichen Untersuchung geführt wurden. Als die Reihe an mir war, erklärte ich dem verdutzten Soldaten, dass die Untersuchung überflüssig sei, da ich sowohl den Kriegs- wie den Ersatzdienst verweigern würde. „Aber ...", versuchte er mich zum Einlenken zu bewegen, um dann mit dem Befehl an mich, nur ja nicht zu verschwinden (Feldjäger!), sauer abzutreten.

Nach einer Stunde führte man mich vor die dreiköpfige uniformierte Gewissensprüfungskommission, der ich eine 6-seitige getippte Begründung[3] meiner Totalverweigerung (inkl. verlangtem Passbild) aushändigte, die, wie ich versicherte, ein Gespräch über meine Haltung erübrigte. „Aber die Musterung ...", wandte der Vorsitzende ein, doch ich schüttelte den Kopf und wurde hinausgeschickt, um wiederum 60 Minuten später von einem mürrischen Bürodiener für heute entlassen zu werden.

Auf dem Rückweg zum Neumarkt, wo ich mir bei Hertie ein paar Brötchen kaufen wollte, bemerkte ich ein Plakat, das auf eine Ausstellung in der nahen Kunsthalle hinwies: „Max Ernst, Das innere Gesicht, die Sammlung de Menil". Ich hatte mich bis dahin für Max Ernst so wenig wie für andere zeitgenössische bildende Künstler interessiert, aber jetzt zogen mich das Plakat und der Ausstellungstitel unwiderstehlich an.

---

[3] Ich erklärte meine Totalverweigerung mit dem logischen Argument, dass ich mit dem Ersatzdienst das zu Ersetzende, eben den Kriegsdienst, anerkennen würde, den ich als Pazifist selbstverständlich ablehnte. Außerdem empfand ich den Zwang, eine Gemeinschaft mit Männern einzugehen, als Zumutung und als Fortsetzung infantiler Verbrüderungen, die ich aus Landschulheimen und Sportvereinen kannte (*siehe* Anhang).

Und als ich Stunden später die Kunsthalle verließ, hatten mir die tiefgründig-spielerischen Werke die Tür zu einem weiteren künstlerischen Universum geöffnet, das vielleicht, wie schon Beatmusik und Literatur, Weiterleben möglich machte.

Gleich am nächsten Tag besorgte ich mir großformatiges schwarzes Fotopapier, Plakatfarben, Pinsel und Spachtel, um herauszufinden, mit welchen Techniken Max Ernst z.B. ein solch vielschichtiges, zugleich abstraktes und konkretes Gemälde wie „Le Grand Albert" hatte fertigen können.

Und eine Woche später bescheinigte mir ein Schreiben des Kreiswehrersatzamts, dass mich die umfassende Musterung meiner körperlichen und geistigen Verfassung als für uneinge-schränkt wehrdiensttauglich befunden habe. Mein Wehrpass mit Foto lag bei.

Der Katalog zur Ausstellung hat alle Umzüge und Katastrophen der vergangenen 53 Jahre überstanden, ebenso mein erstes Testgemälde in Max-Ernst-Manier.

Den Wehrpass hatte ich damals umgehend zurückgeschickt, mit dem Hinweis, dass sich die Behörde doch die leibhaftige Einbe-stellung der Aspiranten sparen könne, wenn sich die Kriegs-diensttauglichkeit wie in meinem Fall auch ganz ohne Muste-rung feststellen ließe.

((Anmerkung: 53 Jahre später bemühen sich Politiker und Me-dien, im Zuge einer sogenannten Zeitenwende, die Deutschen wieder kriegstüchtig zu machen, genauer: *kriegssüchtig*, was viele, insbesondere die jüngeren, längst sind, nachdem sie, ge-schult an Generationen von immer realistischer gestalteten Kriegsspielen, Schein und Sein bereitwillig verwechseln, mus-kelbepackt, mit Bürstenhaarschnitt, getrimmtem Bart, martiali-schen Billig-Tattoos, hässlichem Camouflage-Outfit – „When will they ever learn?", wie Pete Seeger 1955 formulierte und Marle-ne Dietrich 1962 sang.))

15

Margret, meine Stiefmutter, die ich ihrem Wunsch gemäß bis zu ihrem Tod 2014 Ma nannte (zu recht hielt sie weder die Anrede Mama noch ihren Vornamen für angemessen), gewann in unserem ersten gemeinsamen Jahr den Eindruck, dass ich sie unentwegt belöge. Ein Beispiel war das morgendliche Zähneputzen, von dem sie annahm, dass ich es häufig unterließ, was aber gar nicht der Fall war. Um mich unwiderlegbar zu überführen, verband sie einmal Zahnbürste und Zahncremetube mit einem schmalen Gummiring, den sie (ha!) unversehrt vorfand, nachdem ich das Bad verlassen hatte – also hatte ich mir die Zähne ganz offensichtlich *nicht* geputzt. Tatsächlich jedoch hatte ich das sehr wohl, allerdings zuvor den Gummi vorsichtig entfernt, um ihn dann anschließend wieder haargenau so um Bürste und Tube zu legen, wie ich ihn angetroffen hatte – ich wollte ja um Gotteswillen nichts falsch machen. Als ich ihr das zu erklären versuchte, glaubte sie mir natürlich kein Wort. Usw.

Ein schlimmes Jahr – das für mich eines Morgens mit ein paar Schlucken Essig Essenz endete. Ma, als sie aufstand, bemerkte mein elendes Aussehen und meine heiße Stirn. „Du bleibst heute zu Hause", ordnete sie an, „Und wir machen es uns hier gemütlich." Ich behielt für mich, was geschehen war. Sie steckte mich ins Bett, bereitete mir einen heißen Kakao zu, setzte sich zu mir und hielt den Augenblick für gekommen, mich über die menschliche Fortpflanzung aufzuklären.

50 Jahre später, im Juli 2013, fand man sie morgens in ihrem Mierscheider Haus halb bewusstlos in ihrem Erbrochenen. Während Manfred am Vorabend auch ohne medikamentöse Unterstützung friedlich entschlafen wäre, hatte die Überdosis Digitalis Ma nicht umgebracht. Der gemeinsame Freitod war gescheitert, und ein schlimmes Jahr begann, das für sie im Juli 2014 damit endete, dass sie sich (keine Diabetikerin) genügend Insulin

spritzte (Manfreds Hinterlassenschaft), um dann doch noch verspätet aus dem Leben zu scheiden.

Anders als Marion gab sie immerhin nicht mir die Schuld daran, dass Manfred sie verlassen hatte. Aber in der ausweglosen Verlorenheit, in der jener offenbar übermäßig geliebte Mann, der mein Vater gewesen war, sie zurückgelassen hatte, erschienen mir die beiden Frauen, die meine Mütter gewesen waren, am Ende wie unfreiwillige trostlose Schwestern.

16

Marions Tod im März 1962 (den ich erst später als umständlichen Selbstmord erkannte) vertrieb mich jählings aus dem Paradies, das meine Kindheit bis dahin gewesen war – wie schon bei Adam und Eva wurde nun aus Spiel quälende Arbeit (in der Schule eben als sogenannter „Ernst des Lebens"), und wie die beiden musste auch ich fortan hinter jeder Ecke mit dem monströsen Sensenmann rechnen, der jederzeit jeden mit einem einzigen Hieb von allem Vertrauten trennen konnte. Ein Jahr lang begegnete ich ihm fast täglich, höchstpersönlich, insbesondere auf dem Schulweg, wo er, versteckt unter entgegenkommenden Fußgängern, mit einem seiner Knochenfinger auf mich zeigte, oder er rempelte mich im Bus klappernd an oder grinste mir beim Einkaufen im Supermarkt zwischen zwei Regalen höhnisch entgegen. Die anderen bemerkten ihn nicht, und seine Verfolgung endete erst mit meinem Selbsttötungsversuch – ich hatte ihm das Heft aus der Hand genommen.

Aber da war er schon längst *in* mir, denn selbstverständlich hatte ich z.B. mitbekommen (auch wenn man sich bemühte, das Ereignis vor uns Kindern nicht anzusprechen), dass sich in Mierscheid unlängst eine gute Bekannte von Henny umgebracht hatte – mit Essig Essenz. Sie hinterließ eine noch nicht erwachsene Tochter, wodurch ihr Freitod in den Augen gläubiger Mierscheider umso sündhafter erschien.

Um die gleiche Zeit ging der (vermeintliche) Selbstmord Marilyn Monroes wochenlang durch die Presse und beschäftigte uns Kinder sehr, weil wir uns keinen Grund denken konnten, der eine so junge, schöne und berühmte Frau den Tod suchen ließ. Und ein Jahr zuvor hatte sich Hemingway erschossen, auch das ein Gesprächsthema unter den Erwachsenen.

Hennys 65-jähriger Bruder Jean („Schang") wurde im Sommer 1964 eines Morgens unweit seines früheren Hauses, das vor einigen Jahren versteigert worden war, tot aufgefunden, auf einer Bank in der frühen Sonne sitzend, mit Blick ins Tal der Sieg. Herzattacke. Notorisch pleite, hatte er zuletzt im Gartenhäuschen seines ehemaligen Anwesens gelebt und Henny bei jeder Gelegenheit angepumpt. „Was für ein schöner Tod!", hieß es allenthalben, „Man wird wach, steht auf, kleidet sich an, frühstückt, geht dann raus ins Grüne, setzt sich auf eine Bank und stirbt, sonnenbeschienen!"
Henny starb anders.
Da sie kaum je zum Arzt ging, erkannte man ihren Nierenkrebs viel zu spät für eine Behandlung. Sie überlebte noch ein paar Wochen im Krankenhaus, ich besuchte sie dort an einem Samstag Mittag im April 1968, weil ich nachmittags noch zu einer Schulparty in Isis' Lyzeum wollte. Das Krankenzimmer, in dem Henny allein lag, stank wie auch sie selbst nach Urin und Fäkalien, es kostete mich Überwindung, sie zu umarmen und ihr einen Kuss zu geben. Vor kurzem noch eine korpulente, raumgreifende Frau, hing ihr nun die gelblich-fahle Haut in Lappen von Wangen und Armen.
Auf meine pflichtgemäße Frage nach ihrem Befinden brach sie in Tränen aus und schrie unvermittelt: „Ich will nicht sterben! Ich will nicht sterben!", während sie sich zornig eine Infusion aus dem Arm riss und aufzustehen versuchte. Zwei Schwestern stürmten ins Zimmer und schmissen mich raus. Nach einer Wei-

le versicherte mir die eine, dass Henny jetzt tief schliefe – ich könne also getrost nach Hause fahren. Erleichtert setzte ich mich auf meine Solex und fuhr nach Köln zurück, aber der Schulball glitt an mir vorüber, denn Isis war, anders als abgemacht, nicht gekommen. Außerdem schien der ekelhafte Gestank des Krankenzimmers an mir zu haften.

Schon gegen Acht war ich wieder zu Hause, ein Zettel informierte mich, dass Henny am frühen Abend gestorben sei, die Eltern waren sofort nach Eitorf gefahren, um alles zu regeln, und würden in Mierscheid übernachten.

Auch meine Mutter hatte ich vor ihrem Tod nur einmal im Krankenhaus gesehen, mein Bruder war mit mir an Karnevalssonntag nach den Schull- und Veedelszöch in die Hildegardis-Klinik gefahren – ich hätte viel lieber, als Indianer kostümiert, mit meinen Freunden gespielt. Marion lag in einem Dreibettzimmer, in einem Gitterbett, das mich an mein Kinderbett erinnerte, später erfuhr ich, dass sie wohl, tobend wie Henny, in Fieberwahn oder Delirium versucht hatte, abzuhauen, sodass man sie medikamentös ruhiggestellt und zusätzlich ihre Hände und Beine mit Riemen ans Bett geschnallt hatte. Ich konnte ihr über das Gitter hinweg keinen Kuss geben und sie mich mit ihren Händen nicht berühren. Sie bäumte sich in den Riemen auf und lallte schläfrig Unverständliches, ehe sie schweißnass zurücksank und die Augen schloss. Sie war mir vertraut und fremd zugleich, und ich war erleichtert, als wir sie verließen.

Zwei Tage später war sie tot.

Im Jahr 2021 musste meiner Schwester ein krebsbefallenes Stück Lunge entfernt werden, und als sie mir mitteilte, die OP würde im Hildegardis-Krankenhaus durchgeführt, erschrak ich sehr.

17

In einer anderen Kölner Klinik war einige Jahre vor Margret ihre Schwester Anna gestorben, Tage nach einem nicht sogleich gelungenen Selbstmordversuch. Auch sie hatte auf eine Überdosis Digitalis vertraut, aber übersehen, dass ihr Herzschrittmacher die gewünschte Wirkung verhinderte, worauf sie einen Haufen unterschiedlichster Tabletten aus ihrem Arzneischrank schluckte, was immerhin ihren Gehirntod auf den Weg brachte, dem sie schließlich erlag. Und wie Margret hatte auch sie, eine intelligente, vermeintlich emanzipierte Frau, nach dem Tod ihres Gatten Hans nicht in ein eigenständiges Leben hineingefunden – der lange schlacksige Mann, Redakteur der Neuen Illustrierte, war wie der gleichaltrige Manfred Soldat gewesen und hatte mit ihm (und vielen anderen) bis in die 70er-Jahre hinein (ehe die Karrieren griffen) die Traumatisierung durch Krieg und Nazi-Diktatur mit Alkohol zu therapieren versucht – eine ganz spezielle *lost generation*, die ihre Abende mit Kind und Kegel vorrangig in kölschen Kneipen zubrachte, nahezu klassisch bei Kölsch/Korn, Weib und Gesang. Manfred, am Klavier oder mit seiner kleinen Oktavgitarre, gab gern lokalpatriotisch sentimentale, halb-politische und auch schlüpfrige Lieder zum Besten, in die die Gäste gröhlend einstimmten, etwa in die Zeilen:

„Früher warn wir Kommunisten,
warn dann in der NSDAP.
Heute sind wir Christlich-Sozialisten,
Ehre sei Gott in der Höh'!"

Manche anzüglich-verballhornten Karnevalslieder (vom „Sanitätsgefreiten Neumann" und dem „Wirtshaus an der Lahn" ganz zu schweigen) verstand ich als Kind nicht unmittelbar:

„Tschingdara, tschingdara,
Mösche sin kein Finke,
uns Marie, dat hätt d'r ein,
da kann e Koh drus drinke."

Oder auch:
 „En dr Kaygass Nummero drei
Hing en Funz us Blei
un do han mir dran studiert.
Unser Lehrer, dä heeß Welsch,
hät ene Pimmel wie ne Elch,
un do han mir bei jeliert.
Dreimol Null es Null, es Null,
denn mer woren en dr Kaygass en dr Schull ..."

Anna und Hans, in den 60er-Jahren finanziell erheblich besser gestellt als meine Eltern, bewohnten ein großes Haus in Efferen bei Köln. Wenn die Familien sich abends dort treffen wollten (zu Canasta, Doppelkopf oder Skat), fuhr ich nach der Schule hin, oft in Begleitung eines Klassenkameraden, mit dem ich Mathematik und Physik büffelte; wir zogen uns dazu in das zu einem Partyraum umgebaute Gartenhaus zurück, dessen Wände und Decke lückenlos mit Bildseiten aus PLAYBOY und PENTHOUSE tapeziert waren. Zwölf oder dreizehn Jahre alt, erlagen wir alsbald unweigerlich den (uns ansonsten unzugänglichen) sensationellen Geheimnissen der weiblichen Anatomie, ehe wir uns beschämt den Hausaufgaben widmeten. Einmal schaute Anna herein, schnupperte und meinte mit hochgezogener Augenbraue: „Hier riechts nach Sperma! Lüftet wenigstens mal!" Keiner meiner Freunde, der nicht begierig gewesen wäre, auch einmal mit nach Efferen zu kommen.

18

In der Wohnung am Haselbusch stand ein Klavier, mit dem Marion sich gelegentlich düster begleitete, wenn sie vom Maikäfer sang, dessen Vater im Krieg und dessen Mutter im abgebrannten Pommernland war, oder, noch bedrückender, von

„Augustin, Augustin,

Leg nur ins Grab dich hin,

Ach, du lieber Augustin, alles ist hin."

Beunruhigend auch die Botschaft zur Nacht:

„Morgen früh, wenn Gott will, wirst du wieder geweckt!" – Was aber, wenn Gott *nicht* wollte, und wovon war sein Wille eigentlich abhängig?

Und als ich mich endlich im Kalender auskannte, irritierte mich für eine Weile ein populäres Lied, das in den 50er-Jahren (Kalter Krieg / Die Bombe) immer wieder gesungen wurde:

„Am 30. Mai ist der Weltuntergang,

wir leben nicht mehr lang,

wir leben nicht mehr lang."

Irritierend war, dass diese Perspektive der guten Schunkel-Laune des Vortrags keinen Abbruch tat – was ich schließlich an irgendeinem 31. Mai verstand.

19

Ein zehn Jahre älterer Rock 'n' Roller und Radrennfahrer als Bruder konnte für mich kein Spielkamerad sein, wohl aber eine wirksame Drohmasse gegenüber Halbstarken, denen ich körperlich nicht gewachsen war. Schon mit 17 ein smarter Typ, zog er das Interesse der attraktivsten Mädchen in unserem Viertel auf sich, nicht zuletzt auch darum, weil er stets als erster die aktuellsten Skiffle- und Rock-Platten besaß – kein Wunder, denn Manfred (sein Stiefvater) hatte Mitte der 50er-Jahre an der Rochusstraße sein erstes Elektrogeschäft eröffnet, in dem es außer Radios, Musiktruhen, Fernsehgeräten und Lampen eben auch Schallplatten gab – man konnte sie über Kopfhörer an der nierenförmigen Theke anhören, und stolz brachte mein Bruder Freunde und Freundinnen mit, um ihnen seine jüngsten Entdeckungen vorzuspielen: Elvis, Buddy Holly, Little Richard, die Everly Brothers, Chuck Berry, Fats Domino, Lonnie Donegan, Mr Acker Bilk, Jerry Lee Lewis, Bill Haley, Eddie Cochran, Peggy Lee, Chris Barber ... Einige bestellte er direkt in den USA oder Großbritannien, die schönsten Singles waren nicht schwarz, sondern rot, grün oder gelb eingefärbt.

Zu Hause spielte er seine Lieblingsmusik auf dem Plattenspieler der monumentalen Musiktruhe ab, die auch ein Röhrenradio beherbergte, vor dem die ganze Familie ab 1956 hingerissen den Paul-Temple-Hörspielen mit René Deltgen lauschte.

Dank des Geschäfts besaßen wir obendrein, als erste weit und breit, ein Fernsehgerät, das uns hochinteressant für Freunde, Bekannte und Nachbarn machte, die angemeldet oder unangemeldet auftauchten, um bestimmte Sendungen zu sehen, z.B. die Familie Schölermann oder die Kochsendung von Clemens Wilmenrod oder ein Fußballspiel. Anfangs erschienen einige in feiner Garderobe, in der Annahme, das Fern-Sehen geschähe beidseitig: nicht nur könnten die Zuschauer die Akteure in dem Zauberkasten sehen, sondern diese umgekehrt auch die Zuschauer; was bei meinen Eltern Lachsalven auslöste.

Übrigens hatte die im Fernsehen übertragene Krönung Elizabeths II. (1953) Manfred auf seine Geschäftsidee gebracht – die allerdings das Scheitern seiner Ehe mit Marion nicht überlebte: Zu viele Kunden hatten sich übernommen und waren zahlungsunfähig (TV-Geräte kosteten damals um die 1000 Mark, ein Arbeiter verdiente im Schnitt 400 Mark im Monat), sodass er seine Lieferanten nicht mehr bedienen konnte (Serviceleistungen boten größere Konkurrenten eh günstiger an) –

Manfreds erste Pleite: Offenbarungseid, Gerichtsvollzieher, Kuckucks an den Möbeln, Schulden, Tränen, Kräche.

Ein paar Jahre später mit dem zweiten Elektrogeschäft, das unter Margrets Namen lief, die zweite Pleite, und wieder Gerichtsvollzieher, Kuckucks, Tränen, Alkohol, Kräche, Schuldenberge. Margret arbeitete nun als Verkäuferin bei Lederwaren Schmitz, Manfred war als Betriebsanalytiker für die US-Firma George S. May unterwegs.

In dieser Zeit kam ich, nach Marions Tod, zu ihnen, mein Bruder leistete gerade seinen Wehrdienst ab, meine neue kleine Schwester war bei Margrets Mutter untergebracht. Die dauernden Geldsorgen vergifteten die Atmosphäre in der Familie, darum schrieb ich 1964 an Pierre Brice, Lex Barker und John Wayne mit der Bitte, uns finanziell zu unterstützen. Die Adressen hatte ich aus einem BRAVO-Heft meines Bruders, der die Zeitschrift vor allem wegen der Starschnitte kaufte – seinem Bett gegenüber hatte in der Bickendorfer Wohnung (auf Pappe geklebt) lebensgroß Brigitte Bardot gehangen. Von Pierre Brice erhielt ich immerhin eine Autogrammkarte.

Die Schulden, die sich 1971 auf über 200.000 DM beliefen, waren ein handfester Grund für den Umzug nach Belgien, und noch 1973 überlegten Manfred und Margret, sich weiter abzusetzen, nach Griechenland vielleicht, ohne uns Kinder, aber da unterdessen ihre Einkünfte dank ihrer hohen Positionen im Konzern immens stiegen, konnten sie sich am Ende des Jahres mit den Gläubigern auf einen für sie kostengünstigen Vergleich verständigen.

Auf dem Höhe- oder Tiefpunkt der manchmal auch handgreiflichen Auseinandersetzungen zwischen ihnen wünschten meine Schwester und ich gelegentlich, ein Unfall mit ihrem protzigen Buick könnte uns von diesen egoistischen Monstern befreien, ja vielleicht sollten wir ein bisschen nachhelfen, etwa die Radmuttern lösen ...

20

Unter den Schülern des Albertus-Magnus-Gymnasiums gab es in den 1960er-Jahren zumindest optisch niemanden mit Migrationshintergrund. In der Unterstufe war einer meiner Klassenkameraden Junio Sinico, der so „deutsch" aussah wie alle, aber, wie der Name sagte, aus einer italienischen Familie kam, was niemanden von uns interessierte.

Körner, ein Mathematiklehrer (später Direktor der Schule), hatte sich jedoch schlau gemacht und Junio einmal zu Beginn einer Stunde zu sich vor die Klasse gerufen. „Wenn mich nicht alles täuscht", hatte er begonnen, „trägst du seit einer Woche den gleichen Pullover ..." Er schnupperte in der Luft und verzog den Mund, „Das müffelt schon ziemlich, was?", stellte er fest, während Junio errötete, „aber wahrscheinlich hast du einfach nichts zum Wechseln, hab ich recht? Dein Vater ist ja ...", er blätterte in einem Notizbuch auf dem Pult, „... er ist ja wohl Gemüsehändler, stimmts? Ein ehrenwerter Beruf, keine Frage, aber warum muss er dich unbedingt aufs Gymnasium schicken? Um italienisches Gemüse oder Spaghetti zu verkaufen, braucht man doch kein Abitur! Aber nun gut – jedenfalls ist es in Deutschland üblich, mit frischen und sauberen Sachen in die Schule zu kommen, was meint ihr?", wandte er sich an uns, aber nur zwei oder drei Arschlöcher johlten zustimmend.

Da ich in der Untertertia sitzen blieb und in eine andere Klasse kam, weiß ich nicht, was aus Junio geworden ist.

21

Für den autoritären Druck, der im Gymnasium auch durch die immense Langeweile, die mit der meist uninspirierten Darbietung des Lehrstoffs einherging, auf uns lastete, gab es nur ein einziges Ventil: ein unstillbares anarchisches Gelächter, das ohne jeden rationalen Auslöser jederzeit ausbrechen konnte.

Beispielsweise verlor sich in der Untersekunda (10. Klasse) der neue Mathematiklehrer (zwei Doktortitel und ein rosiges Schweinchen-Gesicht mit Hasenscharte, die seine sprachliche Artikulation stark beeinträchtigte) plötzlich an der dreiflügeligen Tafel ganz in seinem anspruchsvollen Metier und kratzte unter eintönigem Gemurmel in Höchstgeschwindigkeit endlose Gleichungs- und Formelreihen auf den Schiefer, die nichts mehr mit dem Unterrichtsstoff zu tun hatten und denen keiner von uns folgen konnte – das schließlich nicht mehr unterdrückbare brüllende Gelächter, das uns Tränen aus den Augen trieb, ließ ihn innehalten und irritiert nach dem Grund fragen, was den Exzess nur noch steigerte.

In der Untertertia wollte uns ein wohlmeinender Aushilfs-Deutschlehrer, dessen Stunde dummerweise immer einer einschläfernden Geschichtsstunde (Jahreszahlen) folgte, durch die szenische Lesung von Schillers „Wilhelm Tell" für die deutschen Klassiker interessieren. Doch kamen wir nie über den 1. Auftritt des 1. Aufzugs hinaus, da sich die Sprecher der verteilten Rollen dank des so unernst wirkenden fünfhebigen Jambus (Blankvers) in eine derart absurde Dramatik hineinsteigerten, dass die Lesung spätestens mit Seppi's „O meine Lämmer!" in dröhnenden Lachsalven kollabierte. Umberto Eco's William von Baskerville hätte seine helle Freude gehabt.

22

Als im Sommer 1966 ruchbar wurde, dass die Kölner Verkehrsbetriebe (KVB) eine drastische Fahrpreiserhöhung um 52,8 % für Schüler und Studenten planten, formierte sich empörter Widerstand, der zwischen dem 21. und 24. Oktober in mehreren Demonstrationen gipfelte – den ersten im Nachkriegs-Köln. 17 Gymnasien beteiligten sich daran, auch unseres, trotz der

Warnungen und Drohungen des Direktoriums. Aber Ende 1966 hatte der Überdruss an all dem autoritären Mief in Staat und Gesellschaft auch deutsche Jugendliche erreicht. Die Musik, die Frisuren, die Kleidung aus Liverpool und London schufen eine Gegenwelt, die die Autoritäten zunächst aussperrte, bis man schließlich dahin kam, sie auch zu bekämpfen – wie im Oktober 1966 in Köln.

Ich war mit einigen Klassenkameraden am 21. dabei – von politischem Bewusstsein konnte bei uns nicht die Rede sein, aber die erhebliche Verteuerung der Fahrkarten war nur den wohlhabenderen Familien gleichgültig, zu denen unsere nicht gehörten. Wir fuhren mit den Linien 13 und 7 bis zur Richard-Wagner-Straße, weiter kam die Bahn nicht, weil schon hier Massen von Demonstranten auf dem Weg zum Neumarkt waren; dort blockierten Zigtausende die Busse und Bahnen. Dann gings zum Rathaus, wo sich jedoch kein Stadtpolitiker den Protestierenden stellte, wohl aber die Polizei begann, die Demonstranten mit Schlagstöcken wieder Richtung Neumarkt und weiter zum Rudolfplatz zu treiben, unterstützt von berittenen Uniformierten, die ihre riesigen nervösen Gäule zwischen uns trieben, von denen herab sie Einzelne an Haaren oder Krägen packten und ein Stück mitschleiften. Ich war einer davon, und als ich mich endlich befreien und in eine Seitengasse retten konnte, bemerkte ich, dass bei dem Handgemenge von meiner brandneuen dunkelblauen Cabanjacke, auf die ich ein Jahr lang gespart hatte, sämtliche Knöpfe abgerissen worden waren. Vor Wut schossen mir Tränen aus den Augen – „Oskar der freundliche Polizist" (eine Comic-Figur im Kölner Stadtanzeiger) hatte sich keineswegs als unser vertrauenswürdiger Freund und Helfer entpuppt. Ein Klassenkamerad, dem ein Gummiknüppel die Brille zertrümmert hatte, fragte fassungslos: „Haben denn Polizisten keine Kinder, die mit der KVB fahren?"

Jahre später (im Wendland, in Brokdorf, in Bonn und bei vielen anderen Gelegenheiten) waren wir nicht mehr so naiv.

23

Im Dezember 1965 hatte in der BRD der zweite Film der Beatles, *Help*, Premiere. Wir vier Dreizehnjährigen, die unbedingt eine Beatband gründen wollten, kamen angetört („Turn on, tune in, drop out!") aus jeder der drei Vorstellungen, die wir uns leisteten. Die vier Liverpooler zeigten, dass ein spaßiges schöpferisches Leben in Farbe möglich war, wenn man nur, einerseits, solidarisch zusammenarbeitete und dabei, andererseits, die Individualität jedes Beteiligten entfaltete statt sie, wie etwa in der Schule, zu vernichten. Wenigstens war es das, was wir während der 90 Minuten Kino fühlten und in die feindliche Welt draußen mitnahmen. Richard Lester, der Regisseur, hatte sich eine besonders symbolträchtige Szene ausgedacht, in der die Beatles aus ihrem Wagen steigen und jeder eines der vier schmalen aneinander grenzenden, typisch englischen Back-to-back-Reihenhäuser betritt und hinter sich die Tür schließt; dann Schnitt, die Kamera nun innen, und sie zeigt: Die vier Haustüren führen in ein gemeinsames großes Haus, in dem die Musiker alsbald das schöne akustische „You've got to hide your love away" performen.

Auch mit 13 ahnten wir bereits, dass am Horizont etwas drohte, das Gesellschaft hieß oder Staat und von uns verlangen würde, darin diese oder jene systemstützende Rolle zu übernehmen, die wir zur Genüge und bis zum Überdruss von den herrschenden Autoritäten kannten, von Lehrern, Lehrherren, Eltern, Geistlichen usw., und die wir um keinen Preis spielen wollten.
In unserer Band (The Four X), die 1966 Gestalt annahm, mussten wir lernen, ungeachtet der Differenzen in unserem Musikgeschmack ein konstruktives Verhältnis zwischen Individuum und

Gruppe herzustellen, das ohne Macht auskam. Das gelang nicht durchgängig, aber wenn es gelang, entstand eine Art magischer Raumzeit, die uns mitsamt den Zuhörenden und Tanzenden für eine kleine Weile wunderbar umschloss; allerdings war dieses Erlebnis auch an ganz profane Voraussetzungen geknüpft: an die Akustik im Saal, an die Tagesform unserer Stimmen, an die Zuverlässigkeit der Verstärker- und Gesangsanlage und, nicht zuletzt, an positive Vibes oder Harmonie zwischen uns – wenn aber dies alles zutraf, konnten Songs wie „Day Tripper", „The Word", „When I Get Home", „Hey Jude" und viele andere mühelos den vermeintlichen Widerspruch zwischen Ich und Wir auflösen. Das schiere Glück.

Anfang April 1964 waren die Beatles in den US-Single-Charts (Billboard Hot 100) mit zwölf Titeln vertreten, und die Top 5, also die ersten fünf Plätze, belegten „Can't Buy Me Love", „Twist And Shout", „She Loves you", „I Want To Hold Your Hand" und „Please Please Me".

Schiere Befreiungsmusik.

24

Jahre später (die Beatles hatten sich da längst getrennt) las ich Camus' Erzählung *Jonas oder Der Künstler bei der Arbeit*, in der das Leben eines zunächst erfolgreichen Malers mit Kind und Kegel sowie vielen Freunden und Bewunderern in eine existenzielle Schaffenskrise und schließlich in eine weiße Leinwand mündet, in deren Mitte er „mit ganz kleinen Buchstaben etwas geschrieben ((hatte)), das man wohl entziffern konnte, ohne indessen sicher zu sein, ob es heißen sollte *solitaire* oder *solidaire* (einsam – gemeinsam)." In gewisser Weise die Problematik eines (bürgerlichen) Künstlerlebens, die (zweifelhafte) Frage, ob man wahrhaft schöpferisch nur jenseits sozialer Bindungen und Verpflichtungen sein könne, in kreativer Quarantäne, der Existenz unmittelbar und schutzlos ausgesetzt und eben dadurch in der Lage, ihrer Wahrheit teilhaftig zu werden; denn andernfalls, so Leonard Cohen: „We forget to pray for the angels, and then the angels forget to pray for us", darum *So long, Marianne!* Tschüss, Marianne!

Aber mir ging es seit den 70er-Jahren nicht um irgendeine ominöse romantische Künstlerschaft, die nach Einsamkeit verlangte, um rechtschaffen zu sein, vielmehr erschien es mir (fundamentaler), als sei für jede Art von Beziehung, selbst für eine Liebesbeziehung, Unwahrhaftigkeit die Grundvoraussetzung. Niemand (oder zumindest ich) war einem anderen in seiner puren Identität zumutbar, folglich musste jeder in eine ent- oder verfremdende vorgefertigte Rolle schlüpfen, also *lügen*, um wenigstens die Illusion von Nähe zu produzieren.

Kafka z.B., den ich in der Isolation meiner griechischen Verbannung 1979 ein zweites Mal für mich entdeckte, hatte sich zeitlebens unter dem immensen Druck befunden, den „animalischen" Gregor Samsa, der er in Wahrheit war, hinter den fragwürdigen bürgerlichen Rollen des Sohns, des Bruders, des Freundes, des Beamten, des Verlobten, des Autors zu verbergen, um nicht doch noch (und zwar für *kein* Vergehen) hingerichtet zu werden – in gewisser Weise vergeblich, wie wir wissen. So blieb ihm nur, mit kühl sezierendem Blick rückhaltlos distanziert seinen ausweglosen Existenzkampf zu beschreiben, wenn schon ein ehrliches Dasein (als Käfer) ausgeschlossen schien. Kein Wunder, dass ihn Else Lasker-Schüler abstieß, die mit ihrer furcht- und schutzlosen Emotionalität gerade die vielen Käfergestalten in sich zu befreien suchte. Als sich dann ganz am Ende seines kurzen Lebens im Zusammensein mit der Schauspielerin und Aktivistin Dora Dymant doch noch eine mögliche Versöhnung zwischen *solitaire* und *solidaire* anzudeuten begann, war es zu spät. Eines hatten aber Lasker-Schüler und Kafka gemeinsam: das unerbittliche Pathos der Verlorenen.

Sein früher „natürlicher" Tod war vermutlich ein Glück, wäre es ihm doch ansonsten wohl wie seinen Schwestern Valli, Elli und Ottla und anderen Verwandten ergangen, die von den Nazis Anfang der 40er-Jahre umgebracht wurden.

Mehr als seine Texte irritiert mich Kafka als gelegentlicher Bordellbesucher, der er war – schwer vorzustellen, dass er, seiner steifen formellen Rüstung und Haltung entblößt, nackt, schwitzend, stöhnend, Leib an Leib mit und in einer Frau (oder einem Mann) leidenschaftlich tätig ist und nach dem Erguss selig lächelnd oder grinsend mit ihr/ihm eine Zigarette teilt – oder ließ sich Josef K. angekleidet, nur den Hosenschlitz geöffnet, im Sitzen oder Stehen mit geschlossenen Augen durch einen schnellen, rauen Blow- oder Handjob um seine ihn so peinigende Lust erleichtern?

25

Manfred, mein Vater, sprach nie über sein Erleben des Dritten Reichs und seine Zeit als Wehrmachtssoldat (Gebirgsjäger), abgesehen von der tragischen Episode um seine griechische Geliebte, die von Partisanen wegen ihrer Beziehung zu ihm erschossen wurde. Und wir wussten natürlich, dass er mehrfach verwundet worden war (es gab große Narben an Oberkörper und Beinen), aber als Kind konnte ich mir vorsätzlich (nämlich von Soldaten) zugefügte Verletzungen durch Schüsse, Bajonette, Granaten und Bomben nicht vorstellen, und schon gar nicht, wo all die Gliedmaßen, Nasen, Ohren, Augen, die vielen Leuten fehlten, denen man in den 50er-Jahren auf der Straße begegnete, abgeblieben waren.

Immerhin hatte Manfred mich damals in Vorführungen von Filmen über die KZs mitgenommen, von der KPD veranstaltet, mit der er bis zu ihrem Verbot sympathisierte; dem wachsenden Wohlstand folgend unterstützte er später die SPD – nie (!) die CDU – und am Ende seines Lebens in Eitorf die FDP, eine Entwicklung, die sich auch in der Motorisierung niederschlug: von einem BMW-Motorrad mit Beiwagen (R51/3) über einen VW-Bus T1, einen Ford Taunus 17 M, einen Citroen DS 19, einen Buick Skylark, einen Pontiac TransAm Firebird bis zu einem Mercedes 500 SE, in den 70ern ergänzt durch einen Triumph Spitfire MK III und einen 2CV (für Margret).

Während seines Ruhestands versuchte er sich an seiner Auto-biografie (analog den Memoiren großer Wirtschaftsführer), kam aber nie über seine ersten zehn Lebensjahre, also das Jahr 1933 hinaus – mir scheint, dass er sich der Untaten Nazi-Deutschlands und der eigenen blauäugigen oder opportunisti-schen Mitwirkung daran schämte und nicht wusste, wie er das literarisch in seinem äußerlich so erfolgreichen (zwanghaft posi-tiven) Lebenslauf unterbringen sollte.
Außerdem wollte er absurder Weise mit seinen Schreibambitio-nen beweisen, dass er auch in „meinem" Metier (anders als ich) erfolgreich sein würde – typisch männliches Konkurrenzgebah-ren, das mich sehr an Kafkas Verhältnis zu seinem schwerge-wichtigen, grobschlächtigen Vater erinnerte.
Nach Manfreds Tod fand ich in seinen Unterlagen das Fragment eines Schreibens einer Wehrmachtsdienststelle vom 26. März 1945, das bestätigt, dass der Obergefreite Manfred Fischer am 21. März zwecks Frontbewährung zu einer bestimmten Einheit abkommandiert wurde, nachdem er am 12. März wegen „Zer-setzung der Wehrkraft und politischer Umtriebe innerhalb der Wehrmacht" zu 18 Monaten Gefängnis verurteilt worden war. Ich erinnere mich, dass er einmal eine lose Verbindung zur Münchner Weißen Rose erwähnte.

26
Das Kölner Albertus-Magnus-Gymnasium, das ich acht Jahre lang besuchte (1962–1970), befindet sich noch immer in der

Ottostraße 87. Direkt gegenüber, in einem großen Gebäude-komplex (Nr. 85) zwischen Ottostraße, Röntgenstraße, Ehren-feldgürtel und Nußbaumerstraße, waren damals belgische Sol-daten stationiert, alle Schüler und Lehrer kamen tagtäglich mindestens zweimal daran vorbei.

Erst 1981, als ich wieder nach Köln zog, erfuhr ich, dass diese Gebäude ursprünglich das „Israelitische Asyl für Kranke und Altersschwache" beherbergt hatten (1908 gegründet), eines der besten Krankenhäuser und Pflegeheime der Stadt, das bis 1933 vorwiegend von Nichtjuden genutzt wurde, denen das ab 1936 untersagt war. 1942 räumten Gestapo und SS die Einrichtung und überantworteten die jüdische Restbelegschaft der Deporta-tion ins KZ Theresienstadt.

Im Geschichtsunterricht meiner Schule fanden das Dritte Reich, der Nationalsozialismus und der Zweite Weltkrieg erst am Ende der Unterprima (nach dem Bonner Machtwechsel 1969) beiläu-fig Erwähnung, der Holocaust gar nicht. Bis dahin endete der Unterricht mit dem „schändlichen Versailler Friedensdiktat". Und gleich nebenan ...

Erst Gunter Demnigs so verdienstvoll-geniale Stolpersteine, seit 1992 eingebettet ins Trottoir vor Häusern, deren Bewohner von den Nazis verschleppt und ermordet wurden, machten unüber-sehbar, dass der Terror, den unsere Vorfahren mittrugen oder duldeten, konkrete Menschen traf, die einen Namen, eine An-schrift, einen Beruf hatten (und nebenher noch die „falsche" Herkunft, Religion, Sexualität oder Gesinnung).

27

Als ich im Sommer 1974 nach dem Zerwürfnis mit meinen El-tern in Aachen meine möblierte 10-qm-Einraumwohnung (Bett, Waschtisch, Regal, Toilette im Treppenhaus) bezogen und den Job im Kinderladen angetreten hatte, standen mir nach Bezah-len von Miete und Kaution für die nächsten vier Wochen, ehe das erste Gehalt eingehen würde, noch knapp 80 Mark zur Verfügung, Rest meines Ersparten. Da Hilla mit mir aus Korfu zurückgereist war, kannte ihre Familie die vertrackte Geschichte; die Eltern betrachteten zwar die Beziehung ihrer 16-jährigen Tochter mit dem 22-Jährigen, der ich war, zunächst voller Skepsis, akzeptierten mich schließlich aber resigniert. Und so wanderte ich, da ich mir den Bus nicht leisten konnte, alle paar Tage, wenn ich Hunger verspürte, am späten Nachmittag nach Brand, um am üppigen Abendbrot der großen Familie teilzunehmen; es mündete oft in heftige Debatten – die fünf Geschwister standen politisch links, wenngleich in unterschiedlichen Schattierungen, der eher finstere Vater ebenso; obschon durch und durch bürgerlich, gerierte er sich gern als Held der Arbeiterklasse, während er seine freundliche fürsorgliche Gattin, die den großen Haushalt zu bewältigen hatte, meist abfällig ignorierte.

Immerhin erinnerte er mich wieder an Franz-Josef-Degenhardt, den ich im Mai 1967 auf der Burg Waldeck gehört hatte; zwei Freunde und ich waren mit unseren Solex für zwei Tage in den Hunsrück gefahren (Übernachtung bei Bekannten in Dorweiler) und nur durch Zufall in das Festival geraten, völlig deplatziert unter all den ernsthaften Erwachsenen. Hillas Vater hatte einige Degenhardt-Platten („Komm, Geliebte, komm, komm mit nach Santander ...“), aber auch zwei alte 45er-Scheiben: *Im Wartesaal zum großen Glück* von Walter-Andreas Schwarz und *Aber der Nowak läßt mich nicht verkommen* von Cissy Kraner – beide waren in Manfreds erstem Elektrogeschäft oft gespielt worden.

Gelegentlich übernachtete ich bei Hilla, doch gab es zwischen uns, abgesehen von zaghaftem Küssen und Umarmen, keinen Sex, etwas hielt uns zurück, mich vielleicht vor allem die Ahnung, sie mehr oder minder für meinen Abschied von den Eltern instrumentalisiert zu haben, doch ebenso unser beider

Jungfräulichkeit – meiner nahm sich spontan eine von Hillas älteren Schwestern an, eine meiner schönsten Liebesnächte, jedenfalls eine gänzlich unbeschwerte, weil nicht belastet durch ein verpflichtendes Vorher und Nachher.

Nebenher schnorrte ich als starker Raucher, der ich damals war, auf den langen Wegen nach und von Brand von anderen Fußgängern so viele Zigaretten wie nur möglich.

((Anmerkung: Walter-Andreas Schwarz – Autor, Kabarettist, Übersetzer, Sänger –, der, anders als seine Eltern, das KZ Holzen überlebte, nahm im Mai 1956 für die BRD am ersten Grand Prix Eurovision de la Chanson in Lugano teil, und zwar mit eben jenem melancholisch-skeptischen Chanson aus seiner eigenen Feder *Im Wartesaal zum großen Glück*.

Bei diesem Wettbewerb, dem Vorläufer des heutigen ESC, ging es für eine Reihe von Jahren (vielleicht bis ABBA) tatsächlich um einigermaßen anspruchsvolle Kompositionen und Interpretationen und, anders als bei dem unsäglichen Nachfolger, nicht um aufgeblasene Shows, die die hohlen Darbietungen (zumeist in englischen Doofversen) aufwerten sollen.

In den ersten Jahrzehnten sorgten Interpreten wie Lys Assia, Corry Brokken, Jacqueline Boyer, Udo Jürgens, Gigliola Cinquetti, France Gall, Dana und andere durchaus für musikalische Qualität, an der heute dem event-besessenen, großteils queeren Publikum eh nichts liegt, von den Herstellern der aktuellen synthetischen „europäischen" Songs ganz zu schweigen – wie Schwarz desillusioniert und hellsichtig konstatierte: „Ach, die armen, armen Leute!"))

28

Unsere Wohnung in Piräus (Lekka 24) mit zwei Zimmern, Küche, Bad und einem Balkon zur Straße, die ich im Frühjahr 1979 gleichsam als Vorhut einrichtete, war ganze vier Wochen lang *unsere*, bis Sigrid mir per Brief mitteilte, dass sie, weil sie sich in einen anderen Mann verliebt hatte, in Aachen bliebe; selbstverständlich brauche sie dringendst all ihre Sachen (Möbel, Kleidung, Bücher, Platten usw.) zurück. Bis zum Frühsommer 1981, als ich mir die Rückkehr in die BRD leisten konnte, war diese Wohnung dann nur noch meine, und die beiden Jahre in Griechenland wurden tatsächlich die denkbar einsamsten, verlor ich doch auf mich allein gestellt (nicht mehr Teil eines Paars) den Ehrgeiz, dort, wie gemeinsam geplant, ein neues Leben zu beginnen. Die Welt verschloss sich erneut vor mir, den Schlüssel hatte Sigrid entsorgt, und ihr Liebesverrat, der mich zunächst nur verzweifelt auf der Stelle toben ließ, nährte bald die tiefsten Selbstzweifel, die mich hinderten, jenseits des alltäglichen Kontakts in die fremde Umgebung hinein zu finden. Abgeschottet (und gefangen im zuverlässigen eigenen Elend) führte ich ein grimmiges Tagebuch meiner Niederlage („Schott's Mitteilungen von einem unbewohnten Planeten"), aus der ich kein Entkommen sah.

In merkwürdiger Dialektik wurde aber das Schreiben, als eine Art Selbstvergewisserung, erneut meine Rettung – wie auch das Lesen, denn beim Einräumen meiner Bücher blieb ich an zwei zerfledderten Bänden mit Prinz-Eisenherz-Comics von Hal Foster hängen, die mich in meiner Kindheit ebenso gefesselt hatten wie der US-Spielfilm über König Artus und seine Tafelrunde mit Robert Taylor, Ava Gardner und Mel Ferrer. Im Athener Goethe-Institut in der Omirou-Straße (gegründet in meinem Geburtsjahr!) fand ich Verweise auf Geoffrey of Monmouth, Robert Wace, Chrétien de Troyes und Thomas Malory, die die Artuslegende überliefert und modifiziert hatten. Die moderne Version von T.H. White („Der König auf Camelot") berührte mich schon darum, weil der Autor 1964 ausgerechnet in Piräus (!) verstor-

ben war – die Welt ist bekanntlich alles, worauf wir uns bezie-
hen, und erst diese Bezüge verankern uns in ihr.

Im Spätsommer 1980 lag in der Zea Marina unweit der Yacht
meiner Eltern (meinem Arbeitsplatz) für zwei Wochen ein alter
britischer Zweimaster, mit 23 jungen Frauen an Bord, denen
ihre Familien mit einer Reise durchs Mittelmeer die Erlangung
des IB-Diploms, der Hochschulreife, honorierten. Das schöne
hölzerne Schiff hieß *The Quest* – ein weiterer Fingerzeig auf die
Ritter der Artusrunde, die ja gerade die abenteuerliche, oft spi-
rituelle Suche (Queste) nach dem Gral (als Symbol für Lebenssinn) umtrieb; was ich in gewisser Weise auf mich übertrug,
indem ich auch *mein* Leben, um es erträglich zu machen, (naiv)
als solch unwägbare *aventiure* verstand.
Unter den Passagierinnen der *Quest* war (kaum zu glauben) die
19-jährige Gwenhwyfar aus Cardiff, die mich zu meiner Freude
bei ihren täglichen einsamen Spaziergängen über die Hafenmo-
le abpasste, um ein paar Worte mit mir zu wechseln, über das
Wetter, die Griechen, unsere Familien, meinen Job, ihr anste-
hendes Studium in London (Ökonomie) usw.
Drei Tage vor ihrer Weiterreise zu den Kykladen lud ich sie
abends in ein kleines Restaurant im Pasalimani, dem alten
(nobleren) Teil des Yachthafens, ein. Anschließend wollte sie
meine Wohnung sehen, unter meinen LPs entdeckte sie Leonard Cohens *Recent Songs*, die sie liebte, ich legte die Platte
auf, und während *The Guests* lief, zog Gwenhwyfar mich ins
Schlafzimmer und ließ mir keine Zeit, meine Bedenken wegen
des Altersunterschieds zu Wort kommen zu lassen.
An der laternenbeschienenen Gangway der *Quest*, wohin ich sie
später begleitete, nahmen ein paar Freundinnen sie kichernd in
Empfang.
An den folgenden beiden Tagen erwartete ich sie auf der Mole
vergebens, und am dritten Tag, als ich morgens zum Hafen

ging, war der Segler bereits ausgelaufen. Unter der Tür zum Steuerhaus fand ich eine aus einem Notizbuch herausgerissene Seite, auf die Gwen neben drei Kreuzchen geschrieben hatte:
All the best
for your quest!
Ich wollte den Zettel in meine Hosentasche stecken, da entriss ihn mir eine jähe Bö, die durch das Hafenbecken wehte.

„Ich habe nie an einen Gott geglaubt, aber als an diesem Abend der 12. Stock unter meinen Füßen zitterte, ruckte, ächzte, begleitet von einem dumpfen, tiefen Grollen und dem Zerscheppern der Bilder, Vasen, Gläser und Flaschen, da erinnerte ich mich mit Schrecken an den Großen Geist, von dem mein Großvater mir als Kind erzählt hatte. Mir war als schüttele er das riesige Haus zwischen seinen Händen, voller Unmut darüber, dass ich dieses kleine Stück von ihm, das ich in mir trug, so elend missachtete.“
So erlebte John Harlan Masterton (ein weißgewaschener „Indianer“) in meiner Erzählung „Winnetou revisited“ von 1983 ein Erdbeben in Los Angeles, das ihn drastisch bewog, sein Leben endlich radikal zu verändern.
Zwei Jahre zuvor, am 24. Februar 1981 um 20:53, hatte mich ein Beben der Stärke 6,7 im Golf von Korinth in jeder Hinsicht so erschüttert, dass ich drei Monate später Griechenland verließ, nachdem ich mich versichert hatte, von der Bundeswehr nicht länger behelligt zu werden – zu alt, wie mir die bundesdeutsche Botschaft bedauernd bestätigte.

29
Bis zu Hennys Tod 1968 war ich oft bei ihr in Mierscheid, dem winzigen Weiler, in dem sie seit Mitte der 1950er-Jahre lebte. Anfangs gab es in ihrem eher kleinen Fachwerkhaus (seit langem in Familienbesitz) kein Bad und keine Toilette, vielmehr in

einem der beiden Schlafzimmer einen Waschtisch und draußen für den Stuhlgang (und die Frauen) ein Plumpsklo, in dessen hölzerner Tür eine rautenförmige Öffnung für Entlüftung sorgte. Man wischte sich den Hintern mit Zeitungspapier ab, das mit den Fäkalien in der darunter liegenden Jauchegrube verschwand, während das Abwasser aus Schlafzimmer und Küche in eine Sickergrube floss; eine Kanalisation gab es nicht. Das Pinkeln erledigten Männer und Jungs an Bäumen in der Nähe, nachts standen für alle Fälle unter den Betten Nachttöpfe.

Einmal schoss mein Bruder, während ich auf dem Klo saß, mit Hennys Flobert (ein altertümliches Gewehr, mit dem sie Rehe von ihren Rosen und Wildschweine von ihrem Gemüsegarten verscheuchte) zweimal durch die Öffnung in der Tür, die Kugeln zischten über mich hinweg in die Wand, ich duckte mich und hörte im nächsten Augenblick, wie Henny draußen mit ihm schimpfte und ihm eine Ohrfeige gab. Fortan versteckte sie die Patronen. Später ersetzte sie den Flobert durch ein Luftgewehr, mit dem mein Bruder erneut auf mich feuerte; eine Narbe am rechten Oberschenkel zeugt noch von dem Streifschuss. Offenbar nervte es ihn, als der so viel Ältere immer mal wieder auf mich aufpassen zu müssen.

Die zehn Mierscheider Haushalte waren in meiner Kindheit weitgehend Selbstversorger, darum blieb die Palette der außerhalb eingekauften Waren überschaubar. Brot und Kuchen brachte zweimal in der Woche der Bäcker Baust, Bestellungen beim Fleischer Hengstenberg und dem Lebensmittelgeschäft Keller in Eitorf konnte man über das einzige Telefon im Ort (beim Bauern Baumann) tätigen, das Gewünschte wurde angeliefert oder von Frau Schneeweiß mit ihrem blauen VW-Käfer (dem einzigen Auto in Mierscheid) abgeholt. Mehrmals im Jahr kamen fliegende Händler (meist „Zigeuner"), die Haushaltswaren, Gartengeräte oder auch Dienstleistungen wie Scherenschleifen und Kesselflicken anboten. Den restlichen Bedarf (Kleidung etc.) deckte in der Regel der zweimal jährlich erscheinende dicke Quelle-Katalog ab, eine Sammelbestellerin (5% Rabatt) übernahm die Logistik.

Den anfallenden Müll (noch frei von Einweg- und Plastikprodukten) entsorgten die Mierscheider in einem tiefen Bombentrichter hinter Hennys Garten. Er verdankte sich dem Umstand, dass die Wehrmacht ab 1944 von Eitorf-Rankenhohn aus die „fortschrittlichen" V1-Marschflugkörper gegen Antwerpen abschoss, was (welche Überraschung) zu Gegenschlägen, sprich Bombardierungen der Alliierten führte.

Anfang der 60er-Jahre ließ Henny wie viele andere im ländlichen Raum ihr Häuschen mit dunkelweißen Eternit-Platten verkleiden, um das antiquierte Fachwerk zu verbergen – man wollte in Zeiten des modernistischen Wirtschaftswunders nicht länger als altmodisch, rückständig und bäuerlich erscheinen. Auch das Plumpsklo verschwand, durch einen Treppenhausanbau entstand im Haus Platz für ein Bad und eine Toilette. Später kamen noch ein Kühlschrank, ein Elektroherd, Heizstrahler, ein Fernsehgerät und das Telefon hinzu. Und die Gemeinde Eitorf sorgte schließlich für die Müllabfuhr sowie den Anschluss des Örtchens an die Wasserversorgung und die Kanalisation.

Heute könnte der Weiler (mittlerweile um ein paar Häuser gewachsen) als schmucker gepflegter Vorort einer beliebigen Stadt durchgehen, denn das eigentlich Ländliche (Streuobstwiesen, Weiden und Wald) beginnt erst jenseits der nun eingezäunten Grundstücke, die alles an beschäftigungstherapeutischem Outdoor-Spielzeug aufbieten, was die wenigen Kinder benötigen, um nicht (wie meine Mierscheider Freunde und ich) fern der Kontrolle der Erwachsenen in der gefährlichen *Wildnis* außerhalb abenteuerliche Spiele spielen zu wollen.

Wildnis, das hieß Naturnähe. Besonders nah kam man im Ort selbst zwangsläufig Hühnern, Enten, Ziegen, Kühen und dem einzigen Pferd (dem uralten Kaltblut Ida) – Nutztieren also und ihren Produkten (Eiern, Federn, Milch) bzw. Funktionen (den Pflug, die Egge, einen Wagen ziehen). Ebenso nah ging uns Kindern die Erkenntnis, dass diese Tiere letztlich selbst Produkte waren, die (das Pferd ausgenommen) am Ende gnadenlos geschlachtet und verzehrt wurden. Keine Illusionen, keine Sentimentalität, das ländliche Leben bedeutete immense, nie endende, bisweilen blutige Arbeit, in den Nutzgärten, auf dem Feld, den Wiesen, im Stall, in der Scheune, und die Kinder mussten sich daran beteiligen – weshalb die meisten, sobald es ihnen (etwa nach dem Schulabschluss) möglich war, dem Dorf entflohen, in irgendeine Stadt oder wenigstens nach Eitorf oder Hennef, zumal Ende der 60er Jahre die globale Jugendrevolte auch das Land erreichte und verlockendere Lebensperspektiven als Drecksarbeit, bierstiere Volksfeste und miefig-kirchliche Enge eröffnete.

30
In eben diesen 60er Jahren hatte die (linke) APO weitgehend geschlossen das konservativ-reaktionäre Establishment des Westens und dessen gravierendste Verfehlungen bzw. Verbrechen bekämpft (Vietnam-Krieg, Kolonialismus, Faschismus, Kapitalismus, Atom- und H-Bombe, Umweltzerstörung). In den 70ern, dem sozialdemokratischen Jahrzehnt, zersplitterte diese Front der Aufrührer alsbald in die unterschiedlichsten Interessensverbände, die (in diversen K-Gruppen, Landkommunen, Ashrams und Scenes) nun eher kulturrevolutionäre Debatten führten – so auch über eine neue antiautoritäre Pädagogik und eine neue Befreiungspsychologie, die die Unterdrückungsstrategien der althergebrachten Erziehungsmodelle (in Schule, Familie, Kindergarten und Uni) auslöschen sollten.

Spiegelbildlich und zeitgleich zersplitterten (bis dato) opake Rock- oder Popbands in zahllose freischwebende Musikerparti-kel, die sich, in wechselnden Formationen und Stilen, endlich selbst zu verwirklichen gedachten und, ähnlich dem Free Jazz, mit endlosen Gitarren- oder Schlagzeug-Soli die gruppendyna-mischen Erfordernisse des jeweiligen Musikstücks ignorierten (Iron Butterfly, Cream usw.). Außerdem waren die meisten Rockmusiker, die als rebellische jugendliche Amateure begon-nen hatten, keineswegs, wie von den *Who* erhofft, jung gestor-ben, sondern machten nun als Erwachsene über 30 aus ihrem inspirierten Hobby einen lukrativen bürgerlichen Beruf, der ihnen erlaubte, Familien (und Firmen) zu gründen und ihre Show bis ins hohe Alter zu reproduzieren.[4]

Im Grunde schlugen sich die Eltern der zehn oder zwölf Kinder, mit denen ich von 1974 bis 78 in dem eigeninitiativ betriebenen (linken) Kinderladen zu tun hatte, mit den nämlichen Problemen herum. Doch nicht genug der verbissenen Auseinandersetzun-gen über die *richtige* Erziehung, die *richtigen* Beziehungsformen (Klein-/Großfamilie, Kommune, Ehe, Polygamie, offener Zwei-

---

[4] John Lennon berichtete von seinem Rückzug (1975) aus dem Musikgeschäft: „Es gab Augenblicke, da packte mich die Panik, weil ich nicht im New Musical Express oder in Billboard auftauchte oder weil ich nicht mit Mick und Bianca im Studio 54 gesehen wurde. Es war als ob ich garnicht mehr existierte. ... Aber diese Phase dauerte nur etwa neun Monate, dann gab sich das und ich erkannte, dass es ein Leben nach dem Tod gibt, dass ein Leben ohne das alles möglich war. Es war großartig. Ich saß da und überlegte mir, woran mich das erinnerte. Woran erinnerte mich das bloß? Es erinnerte mich an die Zeit, als ich 15 war. Damals *musste* ich keine Songs schreiben, sondern tat es nur, wenn ich Lust dazu hatte. Ich spielte Rock 'n' Roll, wenn ich es wollte, ich *muss-te* nicht. Ich musste nicht den hochgeschraubten Erwartungen entsprechen, die von mir oder von irgendwelchen Kritikern an mich gestellt wurden. Das zu wissen, gibt dir die Art von Freiheit, die man hat, wenn man jünger ist. Wenn man keine Vergangenheit hat, an der man gemessen wird – das ist die eigentliche Freude."

er), die *richtigen* Berufsperspektiven (Neigung, Begabung, Einkommen, soziale Stellung), kurz das *richtige* Lebensmodell – nein, hinzu kam, dass das verunsicherte Establishment (das *Imperium*) zunehmend heftiger zurückschlug, zunächst mit dem Radikalenerlass (1972), der viele der Kinderladen-Eltern direkt betraf, und schließlich 1977, im Deutschen Herbst, mit geballter Polizei- und Mediengewalt, die Heinrich Böll bereits 1974 hellsichtig entlarvte („Die verlorene Ehre der Katharina Blum").

Für den Kinderladen begann dieser Herbst schon im späten Frühjahr 1977 mit einem Aachener CDU-Mann, der, obwohl er Konzept und Praxis der Elterninitiative ausdrücklich ablehnte, seinen knapp dreijährigen, noch nicht stubenreinen Sohn bei uns anmeldete (seine Frau tauchte gar nicht auf). Später vermuteten wir, dass er als Spitzel eingeschleust worden war, um unsere „linken Machenschaften" auszuspähen, zumal zur gleichen Zeit unser Telefonanschluss vom Verfassungsschutz angezapft wurde – das jedenfalls eröffnete mir stolz ein Verfassungsschutzbeamter nach dem sechsstündigen Verhör, zu dem mich Anfang August zwei seiner Kollegen direkt aus dem Kinderladen in ein Kellerbüro im Polizeipräsidium schafften. Dort präsentierten sie mir ein anonymes Schreiben (aus klassisch unbeholfen ausgeschnittenen Zeitungslettern), in dem mich der Absender beschuldigte, als Verbindungsmann der RAF zwischen Aachen, Köln und Belgien an der Vorbereitung von Anschlägen mitzuwirken.

Das war keine Bagatelle, hatte doch die 2. Generation der RAF im April den Generalbundesanwalt Buback und zwei seiner Begleiter sowie Ende Juli den Bankier Jürgen Ponto getötet. Und da sie es, anders als rechte Terroristen, die möglichst sogenannte kleine Leute attackieren, auf prominente Vertreter von Staat und Wirtschaft abgesehen hatte, entfachten CDU/CSU und ihnen nahestehende Medien eine hysterische Kampagne gegen die Täter und vermeintliche linke Sympathisanten (wie eben z.B. Heinrich Böll).

Zum Abschluss meines folgenlosen Verhörs (ich präsentierte mich offenbar überzeugend als Pazifist, der ich war und bin) deutete einer der Beamten an, der Denunziant sei wohl unter den Eltern des Kinderladens zu finden – kurz darauf meldete der CDU-Mann sein Söhnchen wieder ab.

Zu sechst mieteten wir zum August 1977 ein heruntergekommenes Gehöft (Wohnhaus, Scheune, Garten) in einem 500-Seelen-Dorf bei Kornelimünster an. Nach aufwändigen Renovierungsarbeiten zogen wir Anfang September ein und feierten drei Wochen später mit vielen Bekannten und Freunden samt Kindern den Einzug. Am frühen Abend wurde heftig an die Haustür geklopft und zwei Fünfjährige aus dem Kinderladen liefen hin, um zu öffnen. Schreiend kamen sie zurückgerannt, gefolgt von einem Dutzend vermummter Polizisten in Kampfmontur, mit Maschinenpistolen im Anschlag. Unter barschem Gebrüll drängten sie uns alle in den großen Gemeinschaftsraum, wo wir, von zwei Vermummten bewacht, ausharren mussten, während die anderen das ganze Anwesen durchsuchten – in der Hoffnung, so der Leiter der Aktion anschließend, Hanns-Martin Schleyer bei uns zu finden (Arbeitgeberpräsident, ehedem SS-Offizier), der am 5. September in Köln von der RAF entführt worden war; mehrere unserer Nachbarn hätten nämlich der lokalen Polizei gemeldet, dass bei uns seit Wochen nicht allein zahlreiche langhaarige und bärtige Männer sowie ungepflegte Frauen ein und aus gingen, nein, zudem hätten wir, oft sogar abends, Getränke und große Tüten, vermutlich mit Lebensmitteln, in die zuvor umgebaute Scheune geschafft, aus der auch mehrmals Schreie zu hören gewesen waren, sicher von dem misshandelten Entführungsopfer.

Tatsächlich hatten wir in der Scheune einen schallgedämmten Raum für unseren Urschrei-Therapeuten gebaut und lautstark (zu John Lennons „Mother") getestet, ob die Dämmung ausreichte, und während wir im Haus erst noch Zimmer für Zimmer bewohnbar machten, hatten wir Getränke und andere Dinge in der Scheune zwischengelagert – der Deutsche Herbst in einem deutschen Dorf, das wahrhaftig Dorff heißt, mit zwei f – damals für friendly fire?

31

Im Kinderladen kümmerte sich neben der Leiterin (einer ausgebildeten Kindergärtnerin) und mir (als Helfer) in der Regel mindestens ein Elternteil darum, die großartigen Drei- bis Sechsjährigen von 8 bis 16 Uhr zu unterhalten, zu betreuen und antiautoritär zu „erziehen", ihnen also möglichst all das zu ersparen, was uns 25- bis 30-Jährigen während unserer eigenen Erziehung widerfahren war.

Jeden Donnerstagabend gab es eine Vollversammlung, bei der wir Angestellten die Eltern über die Ereignisse der vergangenen Woche sowie über das Verhalten und die Befindlichkeiten ihrer Kinder unterrichteten – was zwangsläufig dazu führte, dass umgekehrt die Eltern von ihren häuslichen Schwierigkeiten mit diesen Kindern und häufig (mit zunehmender Vertrautheit und wachsendem Leidensdruck) auch von ihren eigenen erzählten: Beziehungs- und Geldprobleme, Zweifel an der Lebensplanung, psychische Belastungen und Zukunftsängste; all das also, was in den 70ern auch die Gesellschaft ringsum bewegte, zumindest ihren engagierten Teil. Die Jugendrevolte der 60er war vorüber, jetzt waren wir alle, offiziell, erwachsen und fühlten uns doch gar nicht so, noch immer auf der Suche, nun aber verantwortlich für den Nachwuchs.

Die Versammlungen klangen meist in heftigen, oft erhellenden, stets anstrengenden Diskussionen über die pädagogische Ausrichtung des Kinderladens aus, sodass wir uns schließlich erschöpft und erleichtert in unsere Stammkneipe, den gutbürgerlichen *Insulaner* in der Bismarckstraße, retteten – nicht undenkbar, dass wir dort, nach köstlichen Bockwürsten und Frikadellen und durch das kühle Warsteiner Pils mit der Welt versöhnt, schließlich gerührt einstimmten, wenn die anderen (gutbürgerlichen) Gäste schunkelnd Udo Jürgens' „Griechischer Wein" aus der Jukebox mitgrölten. Vermutlich hat der österreichische Musiker mit diesem Lied weit mehr Ignoranten für das Schicksal der Gastarbeiter interessiert als es die ehrenwerten linken Protestsänger vermochten – so wie in den 80ern Ina Deter („Neue Männer braucht das Land" / „Frauen kommen langsam, aber gewaltig") und Herbert Grönemeyer („Männer") die starren Geschlechterrollen vielleicht nachhaltiger erschütterten als die scharfsinnigsten Pamphlete.

Eigentlich bot mir der Kinderladen die Chance, endlich in einem mir adäquaten sozialen Gefüge anzukommen, immerhin führten mir meine Arbeitgeber (oder Genossen im Geiste), kaum älter als ich, ein pralles privates wie gesellschaftliches Leben mit eigener Familie, Freunden, Berufen, Hobbies vor, sie bewohnten große Wohnungen, besaßen Autos, fuhren in Urlaub, engagierten sich in der Hochschul-, Umwelt- oder Kommunalpolitik, kurz: Sie waren, schon durch ihre Kinder, unterwegs in eine wie auch immer geartete lebendige Zukunft – ich hingegen vegetierte, abgesehen von (komplizierten) Liebschaften, noch immer fast wie bei meinen Eltern dahin: auf zehn Quadratmetern (Kinderzimmer!), stets knapp bei Kasse, ohne berufliche Perspektive, nach wie vor erfolglos mit Schreiben, Malen, Liedermachen befasst. Solitaire / solidaire? Was für eine Frage!
Mein einziges Plus: ein scharfer Blick für die Lebenslügen anderer, den ich in meinem Aus-der-Welt-Gefallen-Sein entwickelt hatte (erst Distanz ermöglicht ja Erkenntnis). Also kompensierte

ich meine Inferioritätsgefühle, indem ich bei den allwöchentlichen Kinderladen-Versammlungen die Eltern süffisant auf die Differenz zwischen Anspruch und Wirklichkeit bzw. Theorie und Praxis in ihrer Selbstdarstellung (und ihrem Leben) hinwies – ein billiges Auftrumpfen, zumal es mich noch weiter von ihnen entfernte, konnte ich ihnen doch keine praktikable Lösung ihrer Dilemmata anbieten; aus ihrer Sicht hatte ich, der so verantwortungslos und ungebunden dahinlebte, bloß gut reden!

32

Etwa bis zum 13. Lebensjahr verschlangen meine Freunde und ich neben den diversen Comics und Karl May auch die Internatsgeschichten von Enid Blyton („Fünf Freunde" / „Hanni & Nanni") und Oliver Hassencamp („Die Jungen von Burg Schreckenstein").[5] Und jeder von uns wäre mit Freuden sogleich in eine solche Schule gewechselt (und dort allerdings, wie wir heute wissen, womöglich missbraucht worden), um nur endlich den Fängen der eigenen Familie zu entkommen. Denn so sehr manche Lehrer, Geistlichen und Nachbarn uns in ihrem Kinderhass auch piesackten, viel unangenehmer waren die Attacken von Eltern und Geschwistern auf unsere kleinen Freiheiten, konnte man sich ihnen doch nicht entziehen.

Aus den gleichen Gründen (und auch angeregt durch die reizvolle Esther Ofarim) spielten nach dem 6-Tage-Krieg um Israel im Juni 1967 ein paar 15-Jährige unserer Klasse (mich eingeschlossen) mit dem naiven Gedanken, in einen (sozialistischen) Kibbuz abzuhauen, wo die patriarchale Kleinfamilie aufgelöst wäre und die Kinder, den Eltern fern, in einem gemeinschaftlichen Kinderhaus aufwüchsen.

---

[5] 40 Jahre später schlug J.K. Rowlings mit ihrer Internatsgeschichte („Harry Potter") eine andere Generation in Bann.

Und liefen nicht die meisten der politischen Reform- oder Revolutionsbestrebungen der 60er- und 70er-Jahre letztlich darauf hinaus, der maßregelnden Enge der eigenen Herkunft zu entrinnen und sie selbstverantwortlich durch ein weiträumiges, weitherziges „gutes" Kollektiv zu ersetzen, in dem ein jeder / eine jede sich frei (gefüttert, gewärmt, gegossen) würde entfalten können?

Die Weltrevolution: die Menschheit als eine große repressionsfreie Familie – klappte nicht, dann also wenigstens die antiautoritäre kollektive Erziehung des eigenen Nachwuchses (Kinderladen) – klappte nicht, dann wenigstens also in einer kleinen psycho-sozialen Landkommune an der eigenen Neugeburt arbeiten – klappte nicht, und so stand am Ende (parallel zu Helmut Kohls verruchter geistig-moralischer Wende) wieder das Altbekannte: die geschlechterrollenkonforme Zweierbeziehung und die systemstützende Kleinfamilie. Oder eben Einsamkeit.

Die Absurdität der Konstruktion solcher Ersatzfamilien wurde mir erst klar, als unser manisch-depressiver Kommunarde Till im Frühjahr 1978 eines nachts, ehe er aufgekratzt Bekannte in Aachen heimsuchte, über unseren Köpfen das Haus anzündete. Die Feuerwehr verhinderte das Schlimmste, doch schon am nächsten Tag suchten alle Bewohner das Weite – abgesehen von mir, dem wohlgemut zurückgekehrten Till und dem 18-jährigen Heimkind Dieter, den unser Urschrei-Guru vier Wochen zuvor bei uns untergebracht hatte; unser Sozialfall, wie er meinte, denn Dieter, ohne Angehörige, schlug sich seit Jahren auf der Straße durch, im Sinne des Wortes, war doch das Einzige, was er gelernt hatte, Boxen, halbprofessionell, doch das reichte aus, um ihn immer wieder in Schlägereien und damit in den Knast zu bringen.

Eingeschmiert in ein stinkendes Massageöl trainierte der massige Halbschwergewichtler täglich in unserem schallisolierten, matratzengepolsterten Therapieraum, wo er mich zweimal mit leichten spielerischen Hieben auf Kinn und Solarplexus auf den Boden brachte, mir aber auch zeigte, wie ich mich gegen solche Schläge halbwegs erfolgreich decken konnte – „Mehr kannst du Hemd nicht machen", meinte er achselzuckend.

In der Nacht nach dem Brand weckten mich Schreie aus Tills Zimmer. Ich eilte hinüber und fiel Dieter in den Arm, der dabei war, den Wohngenossen, dessen Gesicht nur noch eine geschwollene, blutverschmierte Masse war, (vollprofessionell) zusammenzuschlagen. Mit Tränen in den Augen rief er: „Wir hätten gestern alle verbrennen können! Ich schlag das Schwein tot, er hat die ganze Familie kaputtgemacht!"

Fast hätte ich in der jähen Erkenntnis, dass es diese Familie (unsere? seine?) nie gab, bitter aufgelacht. „Till ist einfach krank", sagte ich stattdessen und zog Dieter aus dem Zimmer, „und keiner von uns ist es wert, dass du für ihn dein ganzes Leben versaust. Du siehst ja: Alle sind weg!"

„Du nicht!", knurrte er und presste seinen verschwitzten, stinkenden 18-jährigen Haarschopf an meine Schulter.

Nein, ich nicht.

33

Ein steiler, dichtbewaldeter, tiefbeschatteter Hang, den Falkenauge (Hawkeye), Chingachgook und Uncas im August 1757 in weiten Sprüngen hinabeilen, um einen flüchtenden Hirsch zu stellen – so beginnt Michael Mann's Verfilmung von „Der letzte Mohikaner", und so ähnlich durchstreiften wir Kinder gut 200 Jahre später die (damals noch intakten) Wälder rings um Mierscheid, meistens als Indianer und Cowboys, manchmal auch als Piraten oder Räuber, in jedem Fall aber im historischen Dauerkonflikt mit den Kindern des Nachbardorfs Lascheid.

Beide Weiler trennte, wie aus dem Bilderbuch, ein Siefen, ein „schmales, feuchtes, schluchtartiges Kerbtal mit einem Quellbach" (Wikipedia), das die umkämpfte Grenzlinie zwischen den verfeindeten Kinderclans bildete. Den Grund für die generationenalte Fehde kannte niemand mehr, vielleicht gab es keinen außer den, dass die Erfindung eines Gegners die eigene Gruppenidentität stärkte, außerdem regte das Konfliktszenario die spielerische Phantasie offenbar mehr an als Friede, Freude, Eierkuchen. Gut getarnte provisorische Unterschlüpfe aus Reisig und Moos wurden hergerichtet, stabile Baumhäuser gebaut, Waffen- und Proviantlager angelegt – nur um von den elenden Lascheidern aufgespürt und zerstört zu werden, so wie wir umgekehrt ihre Bauten voller Lust und Furcht verwüsteten. Handgreiflichen Konfrontationen gingen wir möglichst aus dem Weg, da sie uns zahlenmäßig überlegen waren.

Meine Mitwirkung beschränkte sich zwangsläufig auf die Ferien, zu denen ich jedoch ausgefuchste wilde Pläne für die weitere Gestaltung des Konflikts mitbrachte – genährt u.a. durch Karl May, Robert Louis Stevenson und Mark Twain, ebenso jedoch durch die (tatsächlich handgreiflichen) Kinderbanden-Kämpfe in den Straßen Köln-Bickendorfs, vor denen man sich nicht in die Geborgenheit und Weite der Wildnis flüchten konnte.

Auf der anderen Seite: eine Zirkusvorstellung, die wir Kinder an einem Sommernachmittag 1959 oder 1960 den erwachsenen Mierscheidern im Garten der Familie Schneeweiß präsentierten: gewagte Akrobatik an Schaukel, Ringen und Trapez, lustige Clowns, eine lautstarke Hühnerdressur (missglückt), eine gelungene dreistufige Kinderpyramide, Radschlagen, Bockspringen usw., kurz Friede, Freude, Eierkuchen. Die Einnahmen wurden gerecht geteilt, meine Freundin (und erste Liebe) Sabrina und ich, die Organisatoren, nutzten unseren Anteil am nächsten Tag für einen heimlichen (weil streng verbotenen) Ausflug zur italienischen Eisdiele an der Asbacher Straße im fernen Eitorf und einen ausgiebigen Bummel durch den Ort – es dämmerte schon, als wir uns Hand in Hand den ersten Häusern Mierscheids wieder näherten, und auf dem steilen Schotterweg erwarteten uns, die Fäuste in den Hüften, mit strenger Miene Oma Henny und Sabrinas Mutter.

In der erwähnten Cooper-Verfilmung, die ich zum ersten Mal 1994 in einem Open-Air-Kino zusammen mit Utah sah, spielte der Lakota-Sioux-Indianer Russell Means den Chingachgook. Im wirklichen Leben war er seit 1969 Aktivist im American Indian Movement (AIM) und als solcher 1973 an der Besetzung von Wounded Knee beteiligt, einem Symbol für den schändlichen Umgang der weißen Invasoren mit der indigenen Bevölkerung – mein John Harlan Masterton hatte in „Winnetou Revisited" (1983) mit ihm zu tun.

34

Als ich Utah kennenlernte, arbeitete sie neben ihrem Studium an der Kölner Sporthochschule (Spiel, Musik, Tanz) schon länger an einem kleinen Theater in Krefeld-Fischeln mit, dessen Leiter (geboren 1939) in gewisser Weise wie ein (typischer) 68er erschien: Einerseits brachte er, sehr verdienstvoll, mit großer Beharrlichkeit wenig bekannte, meist sperrige Werke der literarischen und vor allem musikalischen Avantgarde des 20. Jahrhunderts zur Aufführung, andererseits verfuhr er in seiner Inszenierungspraxis entgegen dem demokratisch-diskursiven Zeitgeist überaus autoritär-einsilbig – seine Konzepte und Ideen standen nicht zur Diskussion, nie, auch weil er sein Ensemble in der Regel aus willigen Laien rekrutierte, die im Zweifelsfall eher sich selbst als den bewunderten Meister in Frage stellten.
Und selbstverständlich gehörte zur Selbststilisierung des ganz dem antibürgerlichen autonomen Kunstwerk verpflichteten Prinzipals das völlige Desinteresse am unqualifizierten Publikum, abzulesen etwa (banal) am schmuddeligen Zustand der Räum-

lichkeiten (inkl. vollgeschissener stinkender Toiletten), aber auch am perfiden Aufführungsbeginn freitags um 22 Uhr: So kämen, hieß es, nur die wahrhaft Interessierten, die Eingeweihten – das gewöhnliche Publikum störte da nur, zumal das Theater, voll subventioniert, auf kostendeckende Eintrittsgelder verzichten konnte.

Pressevertreter, Kulturjournalisten sowie prominente Besucher wie Gerhard Rühm, Suchan Kinoshita oder Mauricio Kagel hingegen, deren Werke man hier pflegte, waren hochwillkommen, sah sich doch der Theaterleiter dann endlich unter seinesgleichen, mit denen zu kommunizieren lohnte, anders als mit all den inkompetenten Amateuren – und wie schön, wenn dann die (längst etablierten) professionellen Kulturrevolutionäre anschließend in die gutbürgerliche Kneipe ein paar Straßen weiter einkehrten, um wie das gemeine Volk ein leckeres niederrheinisches Pils zu trinken.

In der Spielzeit 1992 oder '93 (dank Utah besuchte ich damals viele Aufführungen) reiste an einem Freitagabend eine Gruppe älterer Damen und Herren aus Neuss an, um sich das aktuelle Programm anzutun. Sie wurden von einem mittelalten schwarzgekleideten, kahlköpfigen Musikwissenschaftler begleitet, der ihnen im Café vorweg die Intentionen von Cage, Schnebel, Stockhausen etc. zu erläutern versuchte und bedauernd schloss: „Hätten Bach, Mozart, Beethoven doch nur auf Tonalität, Melodik, Rhythmik verzichtet, hätten sie vielleicht große Musik zustande bringen können." Seine Zuhörer schwiegen betreten.

Selbst Utah, sonst zuverlässig eigensinnig, backte in dieser Umgebung, wenngleich grollend, kleine Brötchen, sich der selbstzweifelfreien Autorität des Theaterleiters (einer klischierten Vatergestalt) eingeschüchtert unterwerfend – was auch mich zum

Schweigen brachte, denn ich wollte nicht attackieren, was ihr offenbar viel bedeutete.

Die meisten Stücke endeten damit, dass die Darsteller auf der Bühne in ihren Aktionen einfroren, nach ein paar Sekunden verlöschten die Scheinwerfer, das Saallicht ging an, Applaus.

Bei einem Stück machte der Prinzipal selbst die Technik und ließ am Ende einer der Vorstellungen die eingefrorenen Akteure fast zehn Minuten stehen, ehe er sie und das Publikum erlöste, indem er die Scheinwerfer ausschaltete. Anschließend, hinter der Bühne, gab es heftigen Protest gegen diesen Machtmissbrauch (Revolte!), den er mit der Bemerkung abtat, das Schlussbild damit umso intensiver und provokanter gestaltet zu haben.

Einen Monat später oblag *mir* die Lichttechnik bei einem musikalischen Soloprogramm des Theaterleiters, und ich ließ es mir nicht nehmen, ihn am Ende seines Auftritts ebenfalls zehn Minuten erstarrt stehen zu lassen – eine alberne Revanche, aber er sollte einmal am eigenen Leib die Folgen seiner zweifelhaften ästhetischen Maximen spüren.

35

Ich war nie für Patriotismus empfänglich, setzt er doch unabdingbar Stolz (superbia, eine der Todsünden) voraus, was zwangsläufig die Abwertung anderer mit sich bringt – so suchen bekanntlich Kölner Lokalpatrioten (um nicht von Schlimmerem zu sprechen) noch immer vergeblich nach überzeugenden Gründen dafür, dass es in dieser Welt z.B. auch Düsseldorfer gibt. Und welche Gründe gar sollten diese Düsseldorfer haben, ihre blöde Schickimicki-Stadt zu mögen – von Liebe ganz zu schweigen, denn die einzig liebenswerte Metropole am Rhein kann nur Köln sein, das darum jedem seiner Bürger befiehlt: LIEBE DEINE STADT!: 26 Meter breit, 4 Meter hoch die Order, auf dem Dach eines Geschäftshauses (Berlitz School) über der zentralen Nord-Süd-Fahrt installiert.

Ich würde die umgekehrte Variante bevorzugen: KÖLN, LIEBE DEINE BÜRGER!, insbesondere durch Taten: bessere (und sauberere) Straßen, klügere Verkehrsführung, reinere Luft, günstigere (und zuverlässigere) öffentliche Verkehrsmittel, mehr erschwinglichen Wohn- statt überflüssigem Büroraum usw.

Dass all dies nicht gelingt, stört aber den archetypischen Kölner nicht wirklich, liebt er doch seine Stadt gerade wegen ihrer skandalösen Unvollkommenheit – ebenso wie seinen unentwegt auf- und absteigenden 1. Fußballclub.

Ausgerechnet dieser Verein brachte mich 1964 dazu (ich spielte in der Klassenmannschaft als linker Läufer), mit dem (lokalpatriotischen) Jubilieren meiner Mitspieler über den Meistertitel in der neuen Bundesliga irgendwie mithalten zu wollen: Angeberisch wartete ich darum mit der sensationellen Information auf, dass der FC der Schwester meiner Tante, der berühmten Zirkusdirektorin Carola Williams, seinen allerersten Geißbock (Hennes I.), verdankte, den sie dem jungen Verein 1950 als Maskottchen gestiftet hatte. Wow!

Die Kehrseite jedes aggressiven Patriotismus ist nicht selten Sentimentalität – in Köln garantiert z.B. neben den Bläck-Fööss-Klassikern „Drink doch eine mit" und „In unserm Veedel" auch das Ostermann-Evergreen „Heimweh noh Kölle", verbunden mit genügend Alkohol, den obligatorischen Tränenfluss:

Wenn ich su an ming Heimat denke
un sin d'r Dom su vör mir ston,
mööch ich direk op Heim an schwenke,
ich mööch zo Foß noh Kölle jon.

Unsentimental froh (nicht stolz) machte mich am 9. November 1992 die erste Arsch-Huh-Aktion gegen Rassismus und Neo-Nazis auf dem Chlodwigplatz – von BAP bis Millowitsch positionierte sich viel Kölner Kulturprominenz gegen die damaligen ausländerfeindlichen Ausschreitungen insbesondere in der früheren DDR (ein widerwärtiger Vorgeschmack auf Björn Höcke und die AfD). Heute könnte man sagen, dass Ulbrichts antifaschistischer Schutzwall ironischer Weise nicht die DDR vor dem Westen schützte, sondern *uns* vor den Faschisten aus dem Osten, die seit 1990 die Bundesrepublik attackieren. Wären sie schon in den 60er-Jahren herübergeströmt, hätte es womöglich kein '68 und keine sozial-liberale Koalition gegeben.

Im zweiten oder dritten Jahr auf der Volksschule, wir waren acht oder neun Jahre alt, drückte uns der Klassenlehrer eines Tages hässliche blaue Plastikspardosen in Form eines Bären in die Hand und wies uns streng an, in den nächsten zwei Wochen so viel Geld wie irgend möglich zu sammeln – für Berlin! Wir grollten, weil wir das nach der Schule in unserer freien Zeit erledigen sollten, und schämten uns bald, weil wir den Angebettelten, anders als beim Martinssingen, nichts für ihre Gaben bieten konnten. Entsprechend mager fielen die Ergebnisse aus, denn die meisten, die uns die Tür öffneten, wollten, wie sie aufgebracht schimpften, von den Scheiß-Preußen und ihrer Scheiß-Hauptstadt nichts mehr wissen, „... die haben uns schon genug eingebrockt!"
Ähnliches dachte ich am 20. Juni 1991, als der Deutsche Bundestag im patriotischen (oder nationalistischen) Taumel der sogenannten Wiedervereinigung beschloss, den Parlaments- und Regierungssitz nach Berlin zu verlegen – eine Fehlentscheidung, die Christo und Jeanne-Claude dann im Frühsommer 1995 mit der lukrativen Verhüllung des Reichstagsgebäudes

noch unterstützten, als ließe sich die (ehemalige?) Reichshauptstadt auf diese Weise reinwaschen.

36

Bei den meisten Spielen, die wir als Kinder spielten, ging es, ungeachtet aller Freundschaften, ums Gewinnen – beim Versteckspiel, beim Nachlaufen, beim Völkerball, beim Fußball, bei Kaiser-wie-viele-Schritte-gibst-du-mir?, bei Mikado, bei Mau-Mau, bei Mensch-Ärger-Dich-nicht usw. Doch es gab Ausnahmen, etwa die Konstruktion einer riesigen Raumstation (mit Raketen, Raumschiffen, Außerirdischen), die mein Freund Hermann-Josef mit mir in unserem Wohnzimmer aus Papier und Pappe herstellte (Nick dem Weltraumfahrer nachempfunden), oder der Bau von versteckten Lagern und gewagten Baumhäusern in Mierscheid zusammen mit den Dorfkindern; bei solch konstruktivem Miteinander war keine Konkurrenz, keine Geltungssucht im Spiel – die sich aber sogleich wieder einstellten, wenn es darum ging, andere auszustechen, z.B. beim Verstecken: Ich hasste es, wenn ich als Sucher (trotz meines guten Gehörs) nicht alle Abgetauchten unverzüglich fand, andererseits hatte ich den abstrusen Ehrgeiz, selbst möglichst nicht gefunden zu werden; einmal gelang mir das so gut, dass meine Spielkameraden, als ich endlich siegesgewiss mein perfektes Versteck verließ, nicht mehr da waren – ärgerlich und gelangweilt hatten sie sich davongemacht. Ein völlig sinnloser, vereinsamender Sieg.

An den langen heißen Sommertagen durften wir (in der Stadt wie auf dem Land) manchmal bis zum Dunkelwerden draußen spielen. Am Ende waren alle kaputt, hundemüde, hungrig und durstig, die Haut – verschwitzt, verdreckt – brannte, dennoch zögerten wir die Trennung so lange wie irgend möglich hinaus, bis der Ball, den wir zwischen uns ehrgeizlos hin- und herkickten oder uns zuwarfen, nicht mehr zu erkennen war. Solidaire.

Für manche unserer Spiele war eine gewisse Zeitmessung erforderlich – so musste beim Versteckspiel der Sucher sich mit abgewandtem Gesicht für eine Weile die Augen zuhalten, damit die anderen sich vor ihm verbergen konnten. Da aber keiner von uns vor der Erstkommunion eine Uhr besaß, behalfen wir uns, ehe die Jagd beginnen konnte, mit purem Abzählen (eins, zwei, drei ...), lieber jedoch mit absurden Abzählreimen wie:
„Inne minne minka
stinka stinka
aggi buggi arschka
wau wau wau!"

Daran erinnerte ich mich, als es während der Covid-19-Pandemie ab März 2020 zur Routine wurde, sich nach jedem Außenkontakt die Hände durch gründliches Waschen zu desinfizieren, wobei der Erfolg von der Dauer der Waschung abhing – trällerte man dabei, ob laut oder inwendig, zweimal „Happy Birthday" oder dreimal „Alle meine Entchen", waren die Hände erregerfrei; so wie wundersamerweise während des ersten Lockdown (22. März bis 4. Mai 2020) sogar in Köln die Luft deutlich sauberer wurde. Und die Einwohner Neu-Delhis, erfuhr man, staunten, als sie zum ersten Mal seit Jahrzehnten über ihrer Moloch-Stadt blauen Himmel erblickten.

Trotzdem starben bis Mitte 2023 weltweit mindestens 20 Millionen Menschen an der Infektionskrankheit, in der BRD um die 200 Tausend (die Einwohnerzahl Rostocks oder Kassels)[6] – und

---

[6] Zahlen, die in den Medien und im öffentlichen Disput schamhaft ausgespart blieben, anders als z.B. die 180 Toten der Flutkatastrophe von Mitte Juli 2021 in Rheinland-Pfalz und Nordrhein-Westfalen, die monatelang im Fokus der Berichterstattung standen,

das nicht zuletzt durch ignorant-böswillige Corona-Leugner und Impfgegner, die sich ihre *Freiheit* durch nichts (schon gar nicht durch eine Maske oder ein Vakzin) hatten einschränken lassen wollen, jene atavistische Freiheit also, anderen bedenken-, rücksichts- und folgenlos schaden zu dürfen – bekanntlich die Basis des weltweiten Kapitalismus, der als entscheidende Triebkraft menschlichen Strebens den gnadenlosen Konkurrenzkampf um Gewinnmaximierung und Bereicherung postuliert. Ein Schelm, der darin die Ursache nahezu aller aktuellen politischen, sozialen und ökologischen Krisen sieht – noch im Europa-Wahlkampf 2024 plakatierte die rundum militante und (trotz fortgeschrittenen Alters) hochgradig selbstverliebte FDP-Kandidatin Marie-Agnes Strack-Zimmermann schamlos: „Wirtschaft liebt Freiheit so wie du!" Gewiss.
Die Freiheit der Killer.

((Anmerkung: Da diese Wirtschaftsliberalen (wie die AfD und Teile der C-Parteien) in treuer Gefolgschaft ihrer verantwortungslosen Klientel die sich anbahnende Klimakatastrophe letztlich leugnen, lehnen sie auch effektive (und gar unpopuläre) Maßnahmen zum Klimaschutz ab – z.B. das Verbot des Verbrennungsmotors, bedeutete dies doch eine unzumutbare Belastung für die deutsche Autoindustrie. Die tröstliche liberale Utopie: Selbst wenn die Menschen infolge des ungebremsten Klimakollapses von der Erde verschwinden sollten, werden autonome Roboter weiterhin chice Verbrenner fertigen, die dann (ihrerseits autonom) ohne lästige vulnerable Passagiere mit 200 km/h über die Autobahnen brettern – ein Triumph des (kapitalistischen) Willens!))

---

vielleicht auch nur wegen der materiellen Schäden an privatem und öffentlichem Eigentum (tolle Bilder!), womit Corona-Tote nicht dienen konnten.

37

Apropos Alter:

„Es war alles um eine Spur schlimmer als ich es voraussah", bekannte Jean Améry 1977 im Vorwort seiner Betrachtung *Über das Altern – Revolte und Resignation*, schlimmer nämlich „das physische Altern, das kulturelle, das täglich lastvoller verspürte Heranrücken des dunklen Gesellen, der an meiner Seite herläuft und mich dringlich anruft ((...)): Freunderl, komm ..."

In meinem Fall arbeiten dem dunklen Gesellen tatkräftige Spießgesellen in die Hände, u.a.:

    schwere COPD (fortgeschrittenes Lungenemphysem)
    schweres obstruktives Schlafapnoe-Syndrom
    fortgeschrittene Osteoporose
    Prostata-Vergrößerung (Krebsverdacht)
    Polyneuropathie
    Bluthochdruck
    chronische Gastritis
    Scheuermann
    Arthrose

Favorit für die Rolle des Hauptdarstellers ist im Augenblick noch die COPD, freilich nur so lange ihr nicht irgendeine Krebserkrankung oder ein Herz-Kreislauf-Problem ein Schnippchen schlagen.

Eine meiner Selberlebensbeschreibungen („Liebe, Tod & Fritz Teufel",) kreist um die drei für mich maßgeblichen Interessen, die meine Existenz bestimmten. Von ihnen ist heute nur der nahende Tod übrig, denn für eine (letzte) Liebesbeziehung kam mir eine wesentliche Voraussetzung – ein halbwegs intakter und ansehnlicher Körper – abhanden, mein jetziger jedenfalls wäre einem anderen nicht zumutbar, auch zu unbemühtem Sex (nicht unwichtig) kaum mehr in der Lage. Und Fritz Teufel (als Synonym für Politik) würde heute (wie ich) bitter konstatieren müssen, dass alle demokratischen Errungenschaften, die in den 60er und 70er Jahren so mühsam erkämpft werden mussten, von einer täglich wachsenden Zahl dummer und böswilliger Ignoranten, die uns krawallig in ein sinistres Blade-Runner-Szenario zu hieven wünschen, zur Disposition gestellt werden.

1976 veröffentlichte Jean Améry unter dem Titel „Hand an sich legen" seinen Diskurs über den Freitod, den er als „ein Privileg des Humanen" darstellte und deutete. Am 17. Oktober 1978 nahm er dieses Privileg für sich in Anspruch. 35 Jahre zuvor war er in Brüssel beim Verteilen anti-nazistischer Flugblätter verhaftet und ins Gestapo-Auffanglager Fort Breendonk überstellt worden, wo ihn SS-Schergen folterten. Im Januar 1944 schaffte man ihn ins KZ Auschwitz, ein halbes Jahr später ins KZ Mittelbau-Dora, zuletzt nach Bergen-Belsen, das britische Truppen im April '45 befreiten.
In „Jenseits von Schuld und Sühne" (1966) erhellte er diese fürchterlichen Widerfahrnisse – nicht eben ideale Voraussetzungen für ein glückliches Leben, und dennoch (oder gerade darum) ein bewundernswert geglücktes.

38
Als Manfred, mein Vater, Anfang Juli 2013, fast 90-jährig, eines Nachts auf dem Weg zur Toilette stürzte und mit mehreren Knochenbrüchen (Scapula, Humerus, Costae) ins Krankenhaus kam, schien dies zunächst nicht besonders beunruhigend, war es doch nicht sein erster Sturz, seit er an Polyneuropathie und Polyarthrose litt, wenn auch der bislang schwerste. Wir gingen davon aus, dass er durch eine OP und Reha wiederhergestellt würde.
Ich kam alle paar Tage nach Mierscheid und begleitete Margret ins Eitorfer Krankenhaus. Bei einem dieser Besuche nahm uns der behandelnde Arzt beiseite und eröffnete uns, dass Manfred

aufgrund seines Alters und seiner Vorerkrankungen nicht mehr operabel sei, er würde den Eingriff nicht überleben. „Aber?", fragte Margret, die noch nicht begriff, und der Arzt sagte: „Es tut mir leid, aber Ihr Mann wird ohnehin in einer Woche oder in ein paar Tagen sterben, er ist mit seiner Lebenskraft oder seinem Lebenswillen am Ende, und wir können für ihn nicht mehr tun als seine Schmerzen lindern." Damit wandte er sich ab und ging.

Und jetzt, ich sah es, *verstand* Margret, die fassungslos erstarrte, verstand, wie ernst es war, todernst, und nicht nur für Manfred, sondern für sie beide, denn nun würde es, vielleicht schon in wenigen Tagen, tatsächlich ernst werden mit ihrer schon vor vielen Jahren getroffenen Vereinbarung, gemeinsam aus dem Leben zu scheiden, wenn er 90 und sie 75 wäre oder falls einer von ihnen unrettbar erkrankte. In diesem Augenblick, als ihr deutlich wurde, dass sie, die stets Aktive und Tatkräftige, keinerlei Mittel besaß, um diesen Prozess zu verzögern, aufzuhalten oder rückgängig zu machen, erlosch sie vor meinen Augen.

Später, auf der Rückfahrt nach Köln, wurde mir klar: Die unverblümte Eröffnung des Arztes hatte augenblicklich die verblümte Illusion von Freiheit zerstört, die so lange existiert, wie man über alternative Handlungsoptionen verfügt. Fallen sie weg, gerät man in den unerbittlichen Sog des Schicksals (in der Antike: in die Hände der Götter) – dann versagen jählings die eingespielten Mechanismen von Small Talk und Komödienstadl, mit denen man sich für gewöhnlich durch den Alltag rettet, und plötzlich wird es ernst, abgrundtief.

Dafür sorgt nicht nur der Tod, manchmal bringen auch eigene Entscheidungen etwas auf den Weg, das nicht mehr umkehrbar ist, in meinem Fall z.B. vor 54 Jahren der Schritt, den vorgesehenen Bildungs- und Lebensweg zu verlassen.

Der Tod allerdings enttarnt am wirksamsten all die bourgeoisen Lebenslügen, mit denen man sich davor schützt, den Dingen auf den Grund zu gehen, ewiges Treibgut an der Oberfläche der Existenz, die von anderen Kräften als den eigenen bewegt wird – in der Regel leben wir ja wie der Typ, der sich vom Hochhaus stürzt und bis zur ersten Etage zufrieden konstatiert: „Ist doch alles gut gegangen! Wo also ist das Problem?"

Ja, wo ist das Problem?

Der Freitod jedenfalls, das Privileg des Humanen, ist keines, ich wünsche ihn mir unblutig und schmerzfrei, was sich bewerkstelligen lässt, sofern kein Schlaganfall oder eine Demenz ihn verhindern. Mein Problem ist vielmehr das, was ihm folgt, nämlich die Vorstellung meines Körpers als Opfer der Flammen bzw. der Verwesung, genauer: das eine oder andere (verbrannt oder verzehrt zu werden) eingesperrt in einem Sarg zu erleiden, der mir (oh Unvernunft!) die Luft raubt. Genehm wäre mir, unter freiem Himmel zu verrotten oder wenigstens unter ihm verbrannt zu werden. Dazu müsste ich mich jedoch entweder wie Ötzi ins ewige Eis begeben bzw. wie der alte Fährmann Vasudeva in einen abgelegenen Urwald oder aber mich im indischen Varanasi am Ganges den Flammen überantworten – doch würde ich in dieser immens schmutzigen, unhygienischen, stinkenden Stadt zuvor noch sterben müssen. Und da könnte ich mir durchaus angenehmere Orte vorstellen!
Akzeptabel wäre auch, in einer nuklearen Explosion bei 6000 °C sekundenschnell zu verdampfen und nichts als einen eingebrannten Schatten auf irgendeiner Wand zu hinterlassen – dafür allerdings viele jüngere und lebenslustigere ZeitgenossInnen zu opfern, wäre moralisch wohl nicht ganz einwandfrei ...

39

Mein zweiter Vorname (Henry) war als (wenn auch amerikanisierte) Huldigung an Oma Henny (Henriette) gedacht, die auf diese Weise mit der Brautwahl ihres Sohnes und Marions Zirkusherkunft versöhnt werden sollte. Wesentlicher für die Namensgebung war allerdings gerade die Verbindung zum Zirkusvolk, denn schon Netty (geb. Althoff) und Hans Schröer (Marions Bruder) hatten 1948 ihren jüngsten Sohn „Henry" genannt – offenbar hatte sich meine Mutter zur Zeit meiner Geburt noch nicht mit ihrer Zirkusverwandtschaft entzweit.

Ich lernte diesen Cousin, Henry Schröer, niemals kennen, recherchierte aber, dass er ab 1968 als Dompteur/Dresseur exotischer Tiere (Elefanten, Kamele, Leoparden) mit dem „Ringling Bros. and Barnum & Bailey Circus" zehn Jahre lang erfolgreich durch die USA tourte, doch 2013 infolge einer Krebserkrankung in Neuseeland, seiner Wahlheimat, starb.

Netty wiederum wurde 1946 Namensvetterin für Carola Williams' zweite Tochter Jeanette, die ich im Mai 2018 in Köln hätte erleben können, als sie der Enthüllung einer Stele zur Erinnerung an den Williamsbau beiwohnte, am Rand des nach ihrer Mutter benannten Parks.

Gelegentlich (nicht oft) überlege ich, wie wohl meine Biografie verlaufen wäre, hätte ich mich nach Marions Tod im März 1962 entschieden, fortan bei den Zirkusleuten zu leben – die ewig unerquickliche Frage also, ob es so etwas wie ein persönliches individuelles Karma gibt, das sich ungeachtet aller Umwelteinflüsse durchsetzt. Oder wäre ich ein völlig anderer geworden, vielleicht wie mein verblichener Cousin ein Dompteur (von was auch immer) oder ein Hochseil-Akrobat oder ein artistischer Dressurreiter oder ein Clown ...? Und nebenbei: Wäre ich *häufiger* glücklich gewesen als es mir in meinem tatsächlichen Leben gelang? Und hätte ich heute womöglich statt einer Halbglatze noch mein volles Haar?

Max Frisch („Stiller"), Alfred Andersch („Winterspelt") und Hermann Hesse („Die Lebensläufe Josef Knechts") haben solche Alternativen kunstvoll durchgespielt – mir mangelt es dazu an Phantasie, denn sobald ich mir den Dompteur, den Akrobaten, den Reiter oder den Clown vorzustellen versuche, werden sie zu beliebigen Fremden, in denen ich mich nicht wiederfinde ...

„Der Clown hob die Hand. Ein schwaches Grinsen sprang aus den Fingerspitzen. Das Publikum schwieg. Jemand nieste. Es ist wie immer, meinte einer. Die Leute drehten sich um. Nichts geschah. Die Beleuchtung flackerte nervös. Es war kalt. Der Clown setzte sich. Er schwitzte. Die Schminke zerlief, sein Gesicht tropfte über die Brust zu Boden. Er stocherte mit dem Finger in der schmierigen Pfütze zwischen seinen Beinen. Er beobachtete seine Fußspitzen, die vor ihm in die Höhe ragten. Er lächelte. Dann legte er sich auf die Seite, zog die Beine an und schloss die Augen. Er roch den Boden. Das Publikum machte es sich bequem. Man saß in kleinen Gruppen beisammen. Einige hatten Matratzen, Kissen und Decken dabei. Die Stimmung war gut. Der Clown fühlte sich wohl, wälzte sich auf den Rücken, verschränkte die Arme unter dem Kopf und schaute in die Höhe. Das Gemurmel der Zuschauer erlosch. Alles schlief. Jemand schaltete noch die Beleuchtung aus. Durch Ritzen und Löcher im Zelt drang die Nacht herein. Draußen zirpten Grillen, eine Eule schrie. Der Clown lauschte. Gegen Morgen rauschte der Wind durch die Seile und Masten. Der Clown setzte sich auf, zog die Perücke ab und gähnte. Er krümelte sich den Schlaf aus den Augen und erhob sich. Mitten in der Manege pinkelte er. Die Pisse dampfte. Aus den oberen Reihen lachte jemand. Der Clown sah sich um. Es war ein schöner Morgen."[7]

---

[7] „Es war ein schöner Morgen" (1976) in Werke 1, „Geschichten"

Hernach

Goethe beschrieb seine Werke rückblickend als Bruchstücke einer großen Konfession, sicher auch in Anlehnung an die illustren Bekenntnisse von Augustinus und Rousseau. Kein Zweifel also, dass der Ausgangspunkt seines Dichtens stets die eigene Person war, vom *Werther* bis zu *Faust* und der *Trilogie der Leidenschaft*; wohl auch darum erreichte sein Werk jene Breite und Fülle, die die Produktion so vieler anderer Autoren überschattete. Heine und Hesse gelang ähnliches.

Das vorliegende Buch ist keine Autobiografie, wohl aber autobiografisch – im Zusammenspiel mit meinen anderen Texten (Bruchstücke einer *kleinen* Konfession[8]) entsteht vielleicht so etwas wie ein bewegtes Gesamtbild (ein Film?) meines prekären Lebenslaufs durch diese prekäre Welt. Doch im Ernst: Wen sollte das interessieren? Für wen halte ich mich denn? Was maße ich mir an?

Ludwig Marcuse erklärte in seinem „Nachruf auf Ludwig Marcuse", seinem zweiten (persönlicheren) Lebensbericht: „Im Nachruf auf sich selbst nimmt einer sich unermeßlich wichtig – aber nicht im Vergleich zu anderen."
Sein Motiv: „Es gehört zu meiner Vorstellung von Menschenwürde, daß man sich nicht vor sich versteckt – und auch nicht vor der Welt, wie groß oder klein sie sein mag."
Ohne Einschränkung teile ich diese Vorstellung, egal wie groß oder klein ich sein mag.

---

[8] oder einer großen Konfusion ...

T.S. Eliot, Four Quartets, Little Gidding V:

„We shall not cease from exploration
And the end of all our exploring
Will be to arrive where we started
And know the place for the first time."

Wir sollen nicht ablassen zu forschen
und am Ende all unsres Forschens
werden wir dort ankommen, von wo wir aufbrachen,
und den Ort zum ersten Mal kennen.

Anhang

Ralph Henry Fischer   4/II/1971 Köln 30
Siemensstraße 50

Betr.: Verweigerung der Ableistung der Wehrdienstpflicht
Verweigerung der Ableistung eines Wehrdienstersatzes

I) Erklärung:

1. Ich erkläre hiermit, dass ich mich, unter Bezugnahme auf
nachfolgende Ausführungen, weder dazu bereit finden werde, einer
Wehrdienstpflicht Folge zu leisten, noch eine mögliche Ersatzdienstverpflichtung einzugehen;

2. Ich bin mir bewusst, dass meine Haltung, würde sie behörd-
lich gebilligt, ein für allemal jede Kriegsdienstverpflichtung
für einen aufrichtigen, ernsthaften Menschen aufhöbe. Ich rechne
also nicht mit einer behördlichen Billigung, bin mir jedoch über
die Konsequenzen, die sich für mich hieraus ergeben, vollauf im
Klaren.

II) Begründung:

Meine Verweigerung der Ableistung sowohl der Wehrdienstpflicht
als auch einer Ersatzdienstverpflichtung beruht grundsätzlich
auf zwei Motiven:

1. auf der Ablehnung jedes Zwangs zur Mitwirkung an einer Gemeinschaft,

2. auf der Ablehnung dieser speziellen Gemeinschaft (Bundes-
wehr/Ersatzdienstlerheer) wegen ihrer besonderen Beschaffenheit.

zu 1.:
a) geistige Voraussetzung:

CREDO: Über jedem Menschen stehen im Grunde drei große Probleme:
Leben, Tod, Gott. Und ich bestreite, dass das Leben einen Wert
hat: ich halte es für einen Fehler und Nachteil zu leben. Hier
bin ich Taoist: Lau-Dse hoffte auf eine 'Rückkehr ins All',
fühlte sich also durch die Tatsache seines Lebens vom All ausgeschlossen. Das ist eine Erfahrungstatsache, die man jederzeit
aus den Banalitäten des Alltags schöpfen kann.
Wenn nun das Leben auch keinen Wert haben mag, so hat es zumindest seinen Sinn: ich halte es für die Möglichkeit und Chance,
die drei Probleme Leben-Tod-Gott zu lösen. Das Leben ist die
Möglichkeit, hinter die Dinge zu schauen. Und ich denke, dass
man sich, hat man hinter sie geschaut, seine 'Rückkehr' bewerk-

stelligt hat. Das Leben hat also nur dann Sinn, wenn man jene
Möglichkeit wahrnimmt. Frühzeitiger Tod oder gar Selbstmord,
ohne zuvor sich um die Probleme und ihre Lösung weitestmöglich
bemüht zu haben, ist demnach eine Leugnung des Lebenssinns, keine Lösung. Denn man hat nur diese eine Möglichkeit, dieses eine
Leben.
Darum bin ich davon überzeugt, dass nichts auf der Welt ein Men-
schenleben wert ist. Auch nicht das Leben eines anderen Menschen. Wie Camus formulierte: es gilt nicht, so gut wie möglich,
sondern so lange wie möglich zu leben. Eine Ethik der Quantität
der Erfahrungen und nicht ihrer Qualität.

KRIEG jedoch schränkt die Lebenserwartung ein, spielt mit Men-
schenleben, verringert die Chance, den Sinn des Lebens zu erfül-
len, die Möglichkeit zu nutzen.

b) Ablehnung des Zwangs zur Mitwirkung an einer Gemeinschaft:

Selbstverständlich vertun die meisten Menschen ihre Chance, ihrem Leben einen Sinn zu geben, ein solcher Weg dauernder Suche
(nämlich Suche nach der eigenen Persönlichkeit) ist ihnen zu
schwer, sie sind stets darauf bedacht, an ihrem Lebenssinn vor-
beizuleben, sie drücken sich vor ihm, weil ihnen dieser Sinn
unheimlich, lästig und viel zu mühsam zu leben ist. (man vgl.
hier Hesse: Demian). Sie müssten ja ihr eigenes Schicksal,
nichts als ihr Schicksal leben. Darum ist es ihr einziges Be-
streben, sich das Leben leicht zu machen, einfach und mühelos.
Und aus einer solchen Haltung heraus schaffen sie sich denn auch
die größte Annehmlichkeit für ihr Leben, die sich denken lässt:
die Gemeinschaft.

Dieser Drang zur Gemeinschaft, zu Familienbildung, Gruppenbil-
dung, Staatsbildung etc. kann aber nur verwirklicht werden auf
Kosten des geistigen und seelischen Niveaus des Einzelnen. Ge-
meinschaftsbildung, die ja unter dem Vorzeichen geschieht, die
Gemeinschaft intakt zu halten, ist nur möglich durch Gleich-
schaltung, Gleichmachung aller Beteiligten, Gleichmachung, deren
Ergebnis und Gestalt zwar sehr angenehm sein mag, aber absolut
steril ist. Eine Gemeinschaft setzt immer die Gemeinsamkeiten
der Beteiligten als Maßstab über alles in den Vordergrund und
passt ihr ganzes Wesen diesen Kollektivgesetzen an, was einen
reibungslosen Verlauf und ein geöltes Funktionieren gewährleis-
tet. Dass große Ideal mancher heute garnicht mehr so utopischen
Staatsideologie ("Alle gleich!") wird allenfalls zu einem Sieg
weltweiter Sterilität führen.

Nimmt man aber an, dass der Sinn des Lebens in dem Bemühen um
die Lösung obengenannter Probleme liegt, dann kann das Ideal nur
sein: die totale Individuation des Menschen (was nichts mit In-

dividualismus zu tun hat, der ist Äußerlichkeit, und auch nichts mit einer Robinsonidyllen-Illusion). Totale Individuation besagt, dass man nach dem suchen muss, was einen von den anderen unterscheidet, dass man nichts als diese Unterschiede zu seinem Maßstab für alles und jedes setzen soll, denn nur diese Unterschiede stellen schließlich die eigentliche Persönlichkeit des Einzelnen dar.
Nur eine 'Gemeinschaft' totaler Individuen, d.h.: eine Gemeinschaft totaler subtiler Gegensätze, wäre schwierig genug, um in die Schwierigkeiten der Lösung besagter Probleme einzudringen.

Irgendjemand sagte einmal, dass er es sich bewusst angelegen lassen sein wollte, einfach nur Sand im Getriebe des Lebens zu sein. Das finde ich nicht schlecht, denn dieser Mann war absolut a-sozial. Und jene Gemeinschaftspragmatiker, denen der Weg zu schwer ist, halte ich für die eigentlich 'Tragischen' hier, ihr Leben ist überflüssig, sinn-los, verloren, eine Christ würde, im übertragenen Sinn, sagen: Die holt der Teufel! Ich bin kein Christ.
Aber ich will mich nicht vom Teufel holen lassen. Und Bundeswehr, ebenso wie die Ersatzdienstinstitutionen, sind Gemeinschaften. Um es nochmals zu sagen: ich lehne jede geistige, ideologische Gemeinschaft ab, jedes unter-einen-Hut-bringen, jedes Stellen unter eine gemeinsame Sache, das immer Bevormundung und Beeinträchtigung bedeutet.

zu 2.:
Ablehnung der speziellen Gemeinschaften Bundeswehr und Ersatzdienstlerheer.
Vorausgesetzte Erkenntnis: Wehrdienst ist immer Kriegsdienst.

Jede Grenzsituation (Liebe/Hass) simplifiziert bei den Betroffenen die Haltung zu allem Denken und Handeln auf einige wenige Grundschemata.

Krieg ist eine Grenzsituation, nicht nur eine politische, sondern auch eine rein menschliche. Es liebt sich einfacher im Krieg, es hasst sich einfacher, lebt sich einfacher (unkomplizierter, wesentlicher), denkt sich einfacher, kurz: alles läuft in einfacheren Dimensionen, in einem primitiveren Rahmen, unter einem einfacheren engeren Blickwinkel ab, das Denken ist nur auf bestimmte überschaubare und naheliegende Probleme ausgerichtet, ein fast instinktiver Zustand, tierisch, auf Essen und Trinken, Schutz und Verteidigung, Aggression und Befriedigung, Sentimentalität und Fortpflanzung abgestellt. Und das halte ich für das Schlimmste, was dem Menschen widerfahren kann: derart 'primitiv' zu werden. Denn es sollte vielmehr das Ziel sein, alles zu komplizieren, alles zu füllen. Man sollte den schwersten Weg gehen.

Unter der Konstellation solcher Grenzsituationen halte ich jeden
Menschen für fähig, einen anderen Menschen zu gefährden, zu
schädigen, ihn zu TÖTEN. Und halte darüberhinaus diese Fähigkeit
(selbst im Fall der Verteidigung) für die unmenschlichste aller
menschlichen Fähigkeiten.
Sicher, es ist einfacher, einem anderen den Schädel einzuschla-
gen als den eigenen einschlagen zu lassen. Aber letzteres zeugt
von einer weitaus höheren Moral, von einer differenzierteren,
fortgeschritteneren Denkweise. Darum müssen dem Menschen die
Möglichkeiten genommen werden, zu töten, zu schädigen, zu gefährden, es muss verhindert werden, dass derartige Grenzsituationen zustande kommen. Ich bin überzeugt, dass auch ICH im Falle
eines Krieges 'primitiv' würde. Eben weil Krieg solche Erschei-
nungen ermöglicht, lehne ich ihn ab. (Grenzsituationen herbeizu-
führen war übrigens immer die gewichtigste und entscheidende
Fähigkeit und Waffe der Diktatoren.)

Man mag heute den soldatischen, militärischen Institutionen
friedliche, uneigennützige, der Allgemeinheit (so der Demokratie) dienende Anliegen, Motive, Absichten und Rechtfertigungen
unterstellen wie man will – feststeht, dass jeder Krieg nur
durch das Bestehen solcher Institutionen zustande kommen kann.
Also dienen sie in keinem Fall dem Menschen, denn sie ermögli-
chen die kalkulierte Gefährdung, Schädigung und Vernichtung seines Lebens, setzen also den Wert eines jeden Menschenlebens rigoros herab ("Verluste zählen nicht!") oder leugnen ihn gar
vollends. Also sind diese Institutionen doch ganz und gar eigen-
nützig. Und ICH lehne jede Bevormundung meines Lebens, jedes
Kalkulieren mit meinem Leben durch andere oder anderes ab. Sok-
rates' "Erkenne dich selbst!" hat unweigerlich zur Folgerung:
Sei du selbst! Und das ist nur möglich, wenn für mich aus-
schließlich das gilt, was ICH als richtig oder falsch erkenne;
ich bin das Maß meiner Dinge.

Will man also den Krieg unmöglich machen, muss man die soldatischen Institutionen abschaffen.

Die landläufig beliebte, moderne Rechtfertigung für das Bestehen
militärischer Institutionen ist u.a. die vermeintliche Aufgabe
und Pflicht (man fühlt sich verpflichtet!), irgendetwas (bei uns
die Demokratie) VERTEIDIGEN zu müssen, die berühmte Defensiv-
These. Ich erkläre hiermit, dass ich mich nicht verteidigen lassen will und dass mir eine solche Art der Verteidigung, nämlich
die gewaltsame und revanchistische, ohnehin nicht gemäß ist,
weil sie mir menschenunwürdig, also absolut tierisch, und darum
unvertretbar erscheint. Kein Mensch sollte sich dazu verleiten
lassen, kein Mensch hat es nötig, gegen einen anderen Menschen
Gewalt anzuwenden, sich mit Gewalt zu verteidigen oder verteidi-

gen zu lassen. Menschen sollten andere Mittel haben. Hier fragt sich natürlich, was ein Mensch ist. Und mir zumindest scheint es der gröbste Fehler und Irrtum, den Menschen mit dem zu verwechseln, was er ist. Man sollte ihn vielmehr danach messen, was er sein könnte. Das ist der letzte Rest an Zuversicht, den man haben muss, will man dem Menschen nicht alle "Größe" absprechen.

Darum meine Handlungsweise, meine Entscheidung, den Kriegsdienst abzulehnen. Denn der Mensch könnte sein: jemand, für den alle Gewalt, auch gewaltsame Verteidigung, eine unwürdige, verachtungsvolle, barbarische Sache ist. Dass er es heute nicht ist, dessen bin ich mir sicher, doch ist es nicht meine Schuld und darf also für mich auch kein Grund sein, von meinen Vorstellungen darüber, was er sein könnte, und von einer Arbeit auf dieses Ziel hin, zumindest was meine Person anlangt, abzusehen. Denn ein solcher Mensch ist möglich, ein solches Ideal ist durchführbar. Viele sind bereit, für ihre Überzeugung zu den Waffen zu greifen und Andersdenkende damit zu vernichten. ICH bin bereit, für meine Überzeugung ins Gefängnis zu gehen, mich vernichten zu lassen. Kein scheinheiliger Edelmut oder falscher Heroismus, sondern Humanität, einzig mögliche Humanität: Menschliches höher werten, nicht Allzumenschliches. Einmal wird demjenigen, der mich und die, die mir folgen oder vorausgingen, 'vernichtet', die Lust abhanden kommen, zu vernichten, Widerstand wird ihm fehlen. Dann wird ER so weit sein, sich selbst vernichten zu lassen. Denn zu vernichten ist so einfach, so simpel, so unmenschlich, so barbarisch.

So ist auch das zentrale Thema und Problem des Kriegs der gewaltsame Tod. Die Menschen sind davon in zweierlei Hinsicht betroffen: einmal als Tötende, zum anderen als Zu-Tötende. Und ich halte es nicht für eine Bestimmung des Menschen, Menschen zu töten. Die Gefahr des Kriegs liegt auch darin, dass er es, zumindest zeitweilig (aber das ist schon zuviel!), zu einer solchen macht. Und ebensowenig ist es eine Bestimmung des Menschen, gewaltsam zu sterben. Doch auch eine solche Entwicklung ermöglicht der Krieg. Jeder Mensch ist fähig, andere Menschen zu töten, insbesondere bei den heutigen Tötungstechniken (Gewehr, Granate, Bombe usw.), die dem Mörder die Finger rein halten, ja sogar dahin führen können, dass der Waffe der Mord zugesprochen wird. Der Mord wird entpersönlicht, der Mörder ist sich des Tötens nicht mehr bewusst, hält sich auch immer für 'unschuldig'. Es ist sein 'Beruf'. Aber man sollte nie vergessen, dass hinter jedem Gewehrschuss ein gekrümmter Finger, hinter jeder Detonation einer Handgranate ein gestreckten Arm, hinter jedem Bombenanschlag eine geschickte Hand steht. Der Mensch wird sich der Verantwortung für solche

Morde niemals entziehen können, einen wird es immer geben, der den Knopf drückt.
Und Krieg beinhaltet auch den Prozess der Legalisierung des Mords als menschliche Bestimmung und Funktion. Jener Kindesmörder wird ins Gefängnis geworfen, vielleicht für ein ganzes Leben – soldatischer Mord ist legal, wird noch geehrt. Krieg ist kein Dienst an den Menschen, denen es nicht dienlich ist, zu töten oder getötet zu werden.

Den Schritt von der Kriegsdienstverweigerung zur Verweigerung auch des Ersatzdienstes empfinde ich als reine Formalität. Das Grundmotiv bleibt bestehen: die Ablehnung des Zwangs zur Mitwirkung an einer Gemeinschaft; hinzu kommt die Erkenntnis, dass Ersatzdienst für den Kriegsdienstverweigerer keine akzeptable Alternative sein kann. Denn man ging davon aus, zu fragen, wie die militärischen Institutionen abzuschaffen seien. Und durch Ersatzdienst erreicht und unternimmt man nichts gegen sie.

Gern gestehe ich den meisten Kriegsdienstverweigerern zu, dass sie 'gegen den Krieg' sind (wer ist das nicht?); allerdings nur gegen den Krieg, soweit er, im Augenblick (nämlich dem der anstehenden 18 Monate), ihre eigene Person und Belange betrifft. Sie wollen einfach IHRE Person aus dieser Sache heraushalten, 'das genüge schon'. Für sie sei Kriegsdienst nicht akzeptabel, sagen sie, aber wenn andere anders dächten ...?

Ich halte Kriegsdienst für niemanden akzeptabel. Diesen 'anderen' muss man die Luft abschnüren, indem man Kriege unmöglich macht. Es geht nämlich keinesfalls darum, diese oder jene oder meine Person aus dem Krieg herauszuhalten, sondern darum, den Krieg aus den menschlichen Angelegenheiten zu entfernen. Und das ist nur mehr möglich durch eine absolut konsequente Haltung, durch das Beschreiten eines ungleich radikaleren Wegs, nämlich eines Wegs ohne Kompromisse, ohne Zugeständnisse, ohne Bequemlichkeit. Denn sie hat sich so schön eingespielt (und festgefahren), diese Sache mit Verweigerung und Ersatzleistung.

Aber Kriegsdienstverweigerer sind Leute, die zu der Einsicht gelangten, dass Kriegsdienst KEIN Dienst an den Menschen sei. Und wie kann ein solcher Mensch dann gar Ersatzdienst leisten? Für ihn gibt es nichts, was zu ersetzen wäre. Wer Ersatz für etwas leistet, erkennt durchaus etwas Zu-Ersetzendes an, das er zwar umgeht, aber gerade dadurch akzeptiert. Ein Kriegsdienstverweigerer hat nichts zu ersetzen.

Köln, den 4/II/1971   Ralph H. Fischer

Anmerkung 2024:

Ich fand dieses Dokument in der Hinterlassenschaft meiner Eltern, offenbar hatte ich ihnen 1971 eine Kopie überlassen, um ihnen die Gründe für meine Totalverweigerung nahezubringen – vielleicht weil mein Bruder zehn Jahre zuvor (lange vor '68) völlig bedenkenlos, wenn nicht begeistert „zum Bund" gegangen war, insofern er dort nicht nur die „Kameradschaft", sondern ebenso (als Gebirgsjäger wie einst Manfred) die körperlichen (sportlichen) und technischen Herausforderungen genoss, was ihn sogar eine anspruchsvolle Zusatzausbildung (im Töten) bei den US-Rangers absolvieren ließ.

Kein größerer Gegensatz also denkbar zu mir, der Kumpanei aller Art verabscheute (und verabscheut), jede Armee als Killer-Truppe ansah (und ansieht) und jede Mitwirkung dabei für schändlich hielt (und hält).

Die Präsensformen in den Klammern machen deutlich, dass ich die Verweigerungsgründe, die der 19-Jährige, der ich 1971 war, der Musterungskommission vorlegte, nach wie vor teile; vielleicht würde ich heute die Argumente für meine Haltung zum Krieg und zu kameradschaftlicher „Zwangskollektivierung" überzeugender bzw. weniger verstiegen oder auch eleganter formulieren können – womöglich aber auch nur angepasster, kompromissbereiter, betulicher, altersmilder.

In einem Essay über Nam June Paik schrieb ich 1997: „... wer 40 wurde, hat sich in irgendeiner Form arrangiert, zum Überleben. Was nicht bedeutet, dass der Schock verschwunden wäre – er sitzt jetzt nur tiefer."

Das gilt umso mehr für den 72-Jährigen, der ich heute bin.

Selbstverständlich kam mit meinen Eltern (und anderen Verwandten und Bekannten) keine Diskussion über dieses Schreiben zustande, so wenig wie schon über meinen Schulabbruch.

Man verstand mich schlicht nicht mehr (wie auch!) und ließ mich resigniert gewähren, und ich war nicht bereit, mich um irgendein Verständnis zu bemühen, hätte doch jedes Zugeständnis in den großen existentiellen Fragen (so damals mein Empfinden) eine Kapitulation vor der missratenen Welt bedeutet und mein ohnedies verschwindend kleines Ego vollends ausgelöscht – heute ist mir klar: Von dort war es nur ein Schritt bis zum Fanatismus eines unerbittlichen Inquisitors (oder unbedingten Wahrheitssuchers), der ich nur darum nicht wurde, weil ich im realen alltäglichen Umgang (mit den kleinen konkreten Fragen) einigermaßen umgänglich war (und bin). So entstand schließlich eine Figur, die ein paar Jahre später eine der Kinderladen-Mütter genervt „Paradiesvogel" nannte: ein schillernder Typ, nicht ganz von dieser Welt, den man kopfschüttelnd bestaunte, ohne ihm aber wirklich nahe kommen zu wollen oder zu können ...

Adrian, spätpubertär

Frankfurt, Hauptbahnhof.

Ankunft des Zugs aus München mit zehn Minuten Verspätung, also bitte beeilen beim Einsteigen, also Quetschen zu sechs Mann plus Koffern gleichzeitig durch die Wagentür, ein Prüfstein für alte Leute und Schuhe, fälschlicherweise auch noch in die 2. Klasse geraten, die 1. allerdings auch recht voll, zumeist Herren in den nächstbesten Jahren, FAZ, Aktenkoffer, unerträglich für eine Zweistundenfahrt, im nächsten Abteil gottlob ein langhaariges Geschöpf, doch leider auch hier ein Herr, sichtlich um die Dame bemüht, soeben referierend über Wintersport und „diesbezügliche Örtlichkeiten in Österreich und der Schweiz", in lässige Erfahrung heuchelnder Manier, schauderhaft an einem Menschen solchen Alters (44, 45), aber er macht es geschickt, zumindest, lässt vorwiegend die Dame erzählen (die offensichtlich Bescheid weiß), wirft nur hier und dort eine Bemerkung ein, die zwar hundsallgemein ist, aber an dieser Stelle passend, risikolose Bemerkungen, die immer passen, der Herr im Übrigen ein Beau, eitel, streicht sich fortwährend über sein pomadisiertes, gräuliches Haar, was Adrian in jedem anderen Fall sogleich zum Verlassen des Abteils veranlasst hätte, auch heute, wenn nicht jene Dame gewesen wäre, die ihn elektrisierte, anzog, reizte, eine greifbare Spannung, erotisierend, ohne dass auch nur ein Wort gefallen wäre, ohne dass auch nur zufällige physische Kommunikation stattgefunden hätte, Spannung allein durch die gleichzeitige Anwesenheit der Körper in diesem lächerlichen Abteil, zumindest empfand er es so, in einer ungeheuerlichen Art erregend, auf eine Weise wollüstig, dass es ihn schauderte; wiewohl die Dame – übrigens um etliches älter als Adrian und durchaus nicht schön zu nennen, kaum hübsch, ja nicht einmal in irgendeiner Weise aufreizend, sondern eher nachlässig gekleidet – weiterhin Konversation betrieb, wenngleich in einer Form, dass der Beau, hätte er ihr zugehört, durchaus einiges hätte erfahren können über die diesbezüglichen Örtlichkeiten in Österreich und der Schweiz.

Koblenz, ehe er mit einem riesigen roten Koffer, den er zuvor äußerst umständlich aus dem Gepäcknetz gezerrt hatte, das Abteil verließ, schüttelte der

Herr lange ihre Hand und wünschte, auch an Adrian gewandt, eine glückliche Weiterreise, schönes Wetter usf., Adrian gähnte, der Beau schien beleidigt und wankte rasch in den Gang, Adrian schloss die Schiebetür hinter ihm, nahm dann wieder Platz und lächelte, als ihm einfiel, dass es vielleicht ihr Gatte war; der Zug fuhr wieder an, des Beaus Kopf glitt draußen vorbei, mit einem jämmerlichen, fordernden Blick ins Abteil hinein, den sie nicht erwiderte, ja nicht einmal bemerkte, vielmehr kramte sie aus ihrer Tasche ein dickes Buch hervor, das sie auf den Sitz gegenüber legte, zog dann die Beine an, um sich einfacher die weißen Sandalen abstreifen zu können, die sie in die Tasche steckte, sie trug Nylonstrümpfe, die Fältchen zwischen den Zehen warfen, dann reckte sie sich ein wenig, fast unmerklich, nahm dann das Buch, ließ sich ein wenig mühsam auf den Sitz nieder, die Nylonfüße auf den gegenüberliegenden Platz streckend, und begann zu lesen – alles in einer Weise, die gewiss nichts weniger als aufreizend war, aber Adrian, der jede ihrer Bewegungen mit Spannung verfolgte, das Blut in den Kopf trieb; ja, als sie ihre Sandalen abgestreift hatte, war er einen Augenblick lang der festen Überzeugung gewesen, dass sie sich vollends entkleiden würde, obschon es nun wahrhaft nichts Harmloseres gibt, als sich auf einer längeren Reise der Schuhe zu entledigen.

Der Rest der Fahrt verlief ereignislos, Adrian blickte entweder auf ihre Füße oder suchte im Spiegel, der gegenüber an der Wand hing und ihr Gesicht zeigte, den Blick ihrer Augen, worauf sie sich jedoch nicht einließ, sie las, nur einmal stand sie auf, schlüpfte in die Sandalen und holte sich im Speisewagen eine Cola, was Adrian ausnutzte, nachzuschauen, wie das Buch hieße (Der Zauberberg), und einen Blick aus dem Fenster zu werfen, was zur Folge hatte, dass sie, als die Dame mit ihrem Fläschchen zurückkam, aneinander vorbei mussten in dem engen Gässchen zwischen den beiden Sitzreihen; aber sie vermieden jede Berührung, jeden Blick, Adrian nahm wieder Platz in seiner Ecke, sie behielt die Sandalen an, legte auch nicht mehr die Füße auf den Sitz, ließ das Buch unberührt liegen und döste vor sich hin.

Bekannte Häuseransichten vor dem Fenster, Lindenthal, Ehrenfeld, Adrian suchte seine Sachen zusammen, Jacke, Koffer, Zeitung, im Gang herrschte ein ebensolches Gedränge wie bei der Abfahrt in Frankfurt, draußen regnete es, er hatte keinen Schirm dabei, würde also noch in die Bahnhofskneipe einkehren müssen, der Zug hielt endlich, jemand schubste ihm einen Koffer in die Kniekehlen, er gähnte, suchte in der Tasche Zigaretten und seine Fahrkarte, die er draußen zerknickte und auf den Boden warf. Rasch ging er die Treppe ins Bahnhofsinnere hinab, in der anderen Tasche die Streichhölzer suchend, während die langhaarige Dame am Zugfenster stand und ihm nachschaute.

2

Anlässlich einer Sommerfete im Freundeskreis, mit Bowle, Würstchengrillen im Freien etc. Adrian, braungebrannt, weil fünf Wochen jugoslawische Adria hinter sich, was bedeutet: Selbstsicherheit, Lässigkeit, Überlegenheit, von Sonne und Seeluft her, dazu ein gewisses Quantum an Übermut, alles in allem also ein vielversprechender Abend, durchweg bekannte Gesichter, Freunde, die er schätzt, keineswegs anstrengend, vielmehr die beglückende Verschworenheit darin, sich nicht allzu verstellen zu müssen, schließlich kennt man sich seit Jahren, eine Atmosphäre wohlwollender Toleranz, Bowle-Atmosphäre also, alles passt zueinander, ein geselliges Beisammensein, Tanz, Plaudereien, leichte Anflüge unproblematischer Diskussionen, die sogleich aufgesogen werden von unbekümmerter Weinseligkeit, ein gemütlicher Abend, findet auch Adrian – jedenfalls solange er noch annimmt, dass Marie im nächsten Moment erscheinen wird; was allerdings auch in den nächsten zwei Stunden nicht geschieht.

Ein jähes Misstrauen, nicht offen, aber doch quälend, so dass er sich hinsetzen muss, plötzlich mit einem schweren Schädel, unfähig mitzuhalten mit all der offensichtlichen Fröhlichkeit, er trinkt ein paar Gläschen, gewiss nichts Auffälliges, sicher, obschon ein wenig rascher und hastiger als gewöhnlich, und das Misstrauen wächst, skeptisch mustert er all die Freunde, die ausgelassen herumhüpfen, lauthals lachen – und Adrian weiß mit einem Mal: sie verschweigen mir etwas, wissen etwas, das ich nicht weiß, in den fünf Wochen ist etwas geschehen, das mit Marie und mir zu tun hat, ja, Adrian weiß es, dieser verfluchte Urlaub, verdammt, sie wissen mehr als ich und sagen es mir nicht – warum? Aber Adrian fragt auch nicht, verständlich, in gewisser Hinsicht ist es peinlich, zu sehen, dass andere besser über die eigenen Dinge

Bescheid wissen als man selbst, aber was tun, mein Gott? Erst einmal jedenfalls auf die Toilette, die stoffliche Umsetzung der Bowle ist in vollem Gange. Gerade als er die Wasserspülung betätigt (unheimliches Getöse, er schämt sich fast), klingelts an der Haustür, der Behälter füllt sich prasselnd wieder, gedämpftes Stimmengewirr draußen, anonym bei diesem Lärm, kalte Schweißausbrüche beim Verstauen des Hemds in der Hose, rasch den Reißverschluss hoch, Hände waschen, raus – natürlich ist es nicht Marie, sondern irgendein anderes Mädchen, ihm unbekannt, er beachtet sie nicht... mein Gott, warum sagen sie mir nichts – aber sie sagen es ihm doch, als sein seltsames Betragen schließlich auffällt, sagen ihm, dass Marie, soweit man weiß, keinen Wert mehr auf seine Bekanntschaft lege, nachdem er fünf Wochen nichts von sich habe hören lassen, nicht einmal eine Ansichtskarte, nicht einmal!

Adrian lacht laut auf, der Gastgeber zieht ihn ein wenig vor die Tür, Adrian zerrt aus seiner Jacke ein dickes, unförmiges Paket, knallt es auf das unschuldige Garderobentischchen, er hat die Ansichtskarten gesammelt, für jeden Tag eine, haha, aber jetzt ist es zu spät, aber schade ist es wirklich, meint auch der Gastgeber, der jedoch der Sache im gleichen Atemzug auch eine komische Seite abzugewinnen weiß, wie es sich gehört. Arschloch, denkt Adrian, fügt sich aber doch in die wohlgemeinte Geste, lächelt, grinst, stößt klirrend an mit seinem Freund, der ihn ganz nebenher auch auf die neuhinzugekommene Dame hinweist, die dort allein am Tisch säße, Adrian versteht, ja, es ist doch alles geregelt, alles stimmt, was will er denn mehr, nicht wahr, Adrian tanzt, mit jener Dame, ja, Adrian küsst, ja, jene Dame, wen sonst – der Gastgeber hält jetzt auch den Zeitpunkt für die Würstchen gekommen, durch diese Tür bitte, ganz recht, im Garten, und all die lustigen Herren schieben ihre kichernden Damen in den Garten hinaus, unter viel Geschrei, auch Adrian, an einigen Bäumen hängen schon grasgrüne, steinharte Äpfel, die Holzkohle glimmt schon, alle stehen um den verrußten Grill herum, ihr Würstchen am Spieß in der Hand, geduldig, freundlich spöttelnd über die Bemühungen des Hausherrn, den Rauch ein wenig einzudämmen, was ihm nicht gelingt, im Gegenteil: es qualmt wie bei einem Hausbrand, alles hustet, läuft auseinander, lacht, nur Adrians Dame, an eine Wäschestange gelehnt, verfärbt sich plötzlich und schraubt sich um die Stange herum ganz langsam zu Boden, das rußige Würstchen in der Hand, das in den Schmutz kullert.

Natürlich allgemeines Entsetzen (mit Ausnahme Adrians), doch alles halb so wild, die Hausdame ist ja Ärztin, kennt sich aus in solchen Fällen: flach legen (hat die Patientin bereits), Mund auf, kalter Waschlappen, es geht schon besser, danke, von seinem Freund, der ihn wieder diskret beiseite zieht, erfährt Adrian dann, dass seine Dame, hm, etwas kränklich sei, längerer Sanatoriumsaufenthalt etc., und übrigens, hm, hat sie ein etwas verunstaltetes Bein, Geburtsfehler, man sieht es kaum, nicht?, Adrian hatte es garnicht bemerkt (nur ihre kräftige Brust), jetzt könnte er sich übergeben, nicht wegen des Beins, nein, nur hatten sie wiederum mehr gewusst als er, hatten wieder etwas verschwiegen, verfluchter Urlaub, den Rest des Abends trank er nur noch, obgleich die Dame, wieder auf den Beinen, sich fast hysterisch um ihn bemühte, bloß weil er einmal ihre Brust berührt hatte beim Tanzen, doch da hatte er auch noch nichts gewusst, nein, er meinte nicht das Bein, nicht gewusst, dass sie ihm wieder etwas verschwiegen, er hat nichts gegen verkrüppelte Beine, er sagte es ihr offen, im Gegenteil, Krüppel seien ja doch viel anhänglicher (als etwa Marie), es war schrecklich, auch die verkrüppelte Dame wusste ja nichts, nicht, dass auch er nichts gewusst hatte, sie beide waren Getäuschte, doch weil sie nicht verstand (wie auch), erging sie sich im Selbstmitleid des Krüppels, begründete alles mit ihrem Bein!

Es war schrecklich.

Eine wahre Geschichte.

Anmerkung 2024:

Die Figur Adrian war mein erstes alter ego, das mir erlauben sollte, aus einer gewissen Distanz heraus zu erzählen, was mir mit 18 wichtig erschien, wobei die Distanz (der Name / die 3. Person) dem Erzählten eine Art Wichtigkeit und Allgemeingültigkeit verschaffen sollte, denn in Wahrheit schien mir das, was ich damals erlebte, kaum der Rede wert – und die eigentliche Problematik meiner Existenz (ein vielleicht interessanter Stoff) durchschaute ich da noch nicht im Mindesten. Aber ich wollte auf Teufel komm raus ein Schriftsteller werden (oder bereits sein), und da mich zu jener Zeit Max Frisch in Bann schlug, insbesondere sein „Gantenbein", gerieten die beiden geschilderten Episoden hanebüchen epigonal. Übrigens fanden sie tatsächlich so statt, es gab die Dame im Zug ebenso wie die gesammelten Ansichtskarten und die leicht behinderte Frau bei der Party.

Viele Anfänger im Schreiben versuchen zunächst den Stil bewunderter oder geliebter Autoren zu imitieren (so wie früher in der Ausbildung begriffene Maler und Grafiker in den Museen „große" Werke kopierten) – ich hatte z.B. eine Phase, in der ich begeistert untergangssüchtige heroische Kurzgeschichten à la Hemingway und dunkle hoffnungslose Gedichte à la Paul Celan produzierte, auch mal einen absurden Einakter à la Beckett und sogar ein indisches Epos nach dem Muster von Friedrich Rückerts „Die Weisheit des Brahmanen" …

Das Wichtige daran war die Begeisterung für all die literarischen Schätze, die jeden reicher machen können, der sie hebt, und die nicht selten zu überleben helfen.

Charly revisited

Sie bauen Maschinen, mit denen sie zum Mond fliegen. Sie bauen Maschinen, mit denen sie die Erde in einen Mond verwandeln können. Aber davor scheuen sie noch zurück, darum bauen sie Maschinen, die wenigstens den Verwaltern das Prügeln und uns das Denken abnehmen.

Tagaus tagein gehen sie in ihren weißen Kitteln in ihre weiße Laboratorien und basteln ihre Spielzeuge, die die Welt zu Müll machen; immer noch ein wenig gelungener, wirksamer, perfekter. Und abends steigen sie dann in ihre grauen Anzüge, essen, trinken, vögeln, besitzen Frauen, Kinder, Autos, Häuser und leben als sei nichts geschehen.

Männer.

Und *ich* wusste nicht einmal, warum meine Zeit hier abgelaufen war. Ich spürte es nur. Schon seit ein paar Wochen hatte es sich vorbereitet, es kam nicht überraschend. So eine Unruhe in mir, auch Furcht. Ich fühlte mich nicht mehr zuhause, wie in einem abgetragenen Anzug, fehl am Platz.

Ich betrat die Wohnung, warf die Tür hinter mir zu, sah die Decke, die Wände, den Boden, roch die Luft, den Staub und das Wasser – und dachte: Was soll ich hier bloß? Es ödete mich an, alles fadenscheinig und abgelutscht.

Das Gefühl war mir nicht neu, so ging es immer, plötzlich der Eindruck, als sei da noch viel mehr als bisher zum Zuge kam. Aber jedesmal macht es mich schlapp, traurig, sentimental. Wieder mal eine Situation erschöpft, ein Ort, eine Zeit, ein paar Leute.

Ich sagte mir: Gut und schön, du bist hergekommen, hast hier ein bisschen gelebt, jetzt ist es zuende, vorbei, und wenn du etwas anderes erleben willst, musst du weg hier. Schluss, aus. Aber natürlich kannst du auch hierbleiben, Charly, noch 50 Jahre weiterkrabbeln, auf der Stelle, so machen es die Meisten. Und im Endeffekt läufts wohl aufs gleiche hinaus.

Trotzdem gelingt es mir nicht, ich frag mich immer, wie Die das schaffen; ich bin viel zu ungeduldig und nervös, um zu bleiben. Auch zu neugierig.

Der Haken ist eigentlich nur, dass es nie Hand in Hand geht, nie greift das Vergangene bruchlos in das Kommende über, immer klafft da ein Spalt, ein

Riss, eine Pause, in der ich orientierungslos umherschwimme. Ich halte das nicht lange aus, soviel leere Zeit.

Darum packte ich den Koffer, stellte das Gas ab, schaltete die Sicherungen aus, räumte mein Konto leer und fuhr zum Bahnhof.

Ich wusste, dass es töricht war, ich hatte kein Ziel, es war noch zu früh. Aber es war besser, ziellos durch die Gegend zu fahren als ziellos auf dem Fleck zu sitzen.

2

Weil es der erstbeste war, setzte ich mich in den Zug nach Basel. Dort blieb ich eine Nacht, in einem sündhaft teuren Hotel. Am nächsten Morgen erkundigte ich mich nach der Verkehrsverbindung zum Luganer See. Es war kompliziert, trotzdem saß ich am Abend in einer winzigen Pension in Paradiso und trank italienischen Wein. Der folgende Tag regnete mir aus vollem Hals zum Fenster herein, und ich verschob den Besuch in Montagnola um 24 Stunden. Es half nichts, der Regen hatte andere Pläne, also nahm ich mir ein Taxi, bat den Fahrer, mich fünf Stunden später in dem Grotto am Ortsrand wieder abzuholen und strolchte, mäßig gelaunt, durch Hesse's Landschaft. Die Casa Camuzzi (mit Klingsors Balkon), die Casa Hesse, der Friedhof von San Abbondio. Vielleicht lag es am Regen, dass ich nichts anderes fühlte als Distanz. Oder eher Ernüchterung, es war keine Buchwelt, nur zu einem winzigen Teil, und der steckte in meinem Kopf. Erschreckend, wie wenig Wirklichkeit selbst in die besten Bücher hineinfindet. Ein Gast der Pension nahm mich am nächsten Tag im Auto nach Milano mit. Von dort fuhr ich mit dem Zug nach Rom. Wieder fiel mir nicht mehr als Literatur ein, Marie-Luise Kaschnitz, Wolfgang Koeppen, Filippo Miller. Goethe hatte geschrieben: „Da fühlt man sich doch einmal in der Welt zu Hause und nicht wie geborgt oder im Exil." Mir gelang es nicht, es war eine Bildungsreise, Kulturtourismus, langweilig, verstaubt, mit ernstem Gesicht, das mich den vielen hübschen Frauen, die ich sah, nicht näherkommen ließ. Ich schlich an ihnen vorbei, gesenkten Blicks, und flüchtete mich in jede kleine Weinstube, die mir über den Weg lief. Am Abend fand ich kaum in mein Hotel zurück, schlief bis in den folgenden Mittag hinein, schwer wie ein Stein.

So ging es weiter, noch sieben Tage lang. Von Rom nach Brindisi, von Brindisi per Fährboot nach Korfu, von Korfu nach Patras, von Patras nach Athen. Dort geriet ich prompt in einen Smog-Alarm, über der Stadt hing eine gelbbraune, wabernde Wolke, die die brütende, zitternde Luft in ein Kloakengebräu verwandelte, das mir den Schweiß aus den Poren trieb und den Schädel aushöhlte. Ich rettete mich nach Piräus, da war es erträglicher, die Nähe des Meers erfrischte und eine leichte Brise trocknete den Schweiß zu einem wächsernen Überzug. Von einem früheren Besuch kannte ich eine billige Taverne am alten Hafen. Es gab sie nicht mehr, ein Souvenirladen hatte sich darin breitgemacht. Also musste ich woanders essen. Die Restaurants waren voll, ich lief von einem zum anderen, schließlich setzte mich ein eifriger Garconi auf den einzigen freien Platz an einer großen Tafel, an der eine Delegation italienischer Nonnen speiste. Das erste Erlebnis, das mich berührte, denn mir gegenüber saß eine junge, bildhübsche Frau, die ich wie ein Jahrmarktswunder anstarrte. Es wollte mir nicht in den Kopf, dass auch sie in diesem schwarzen, todbringenden Nonnensack steckte, vom kahlen Kopf bis zu den klobigen Schuhen. Sie sah so gut und lebendig aus, dass ich sie als Opfer einer Intrige deutete; man hatte sie gegen ihren Willen ins Kloster verbannt, wahrscheinlich wartete sie nur darauf, befreit zu werden. Diese Interpretation gab mir den Mut, über Brot, Tomaten, Zazikki und Demestica hinweg mit ihr zu flirten. Sie erwiderte sogar lächelnd meinen Blick. Gottseidank blies eine ältere Nonne zum Aufbruch, sie zahlte (auch für mich, wie ich später feststellte), und lustig plappernd verloren sich die schwarzen Schwestern im Straßengewühl.

Diesmal war ich den drei Musketieren aufgesessen, merkte ich, und vom Hotel aus buchte ich für den kommenden Tag meinen Rückflug nach Hause.

In der Maschine wurde ich, je mehr wir uns Frankfurt näherten, umso kleiner. Das Bekannte wuchs vor mir und schob mich an den Rand. Es war nur eine Reise auf dem Papier gewesen, und jetzt hielt jemand ein Streichholz daran. Übrig blieben Schall und Rauch.

Die lächerliche Seite daran entging mir, eher fand ich es tragisch. Ich hatte mit niemandem und nichts wirklich zu tun, konstatierte ich nüchtern. Es war ein seltsamer Zustand, wie Fernsehen oder Kino, ein wenig abenteuerlicher vielleicht, insofern die Leinwand oder die Mattscheibe wie ein zweites Kleid

um mich gestülpt war und mich beständig begleitete. Die Stelle, die ich ein-
nahm, war eine Art Vakuum innerhalb des Geschehens. Es floss unentwegt in
mich hinein und verschwand unauffindbar wie in einem bodenlosen Schacht.
Aus mir selbst jedoch floss nichts hinaus in das, was um mich her an Bildern,
Tönen und Gerüchen wogte. Wie eine durchsichtige Luftblase in buntem Wasser taumelte ich nur hindurch, mit unbekanntem Ziel. Denn dass es aufwärts
mit mir ginge, hätte ich nicht zu behaupten gewagt, schon weil ich garnicht
wusste, wo denn Oben oder Unten sei.

Im Frankfurter Flughafen, diesem Monstrum, verirrte ich mich natürlich und
verpasste die S-Bahn zum Hauptbahnhof, so dass mir dort der Zug nach Köln
vor der Nase davonfuhr. Ich wartete auf dem Bahnsteig den nächsten ab.

Erst als ich einsteigen wollte, bemerkte ich Alma, und das nur, weil sie mich
bat, ihr mit den Koffern zu helfen. „Please, would you help me?" fragte sie in
dem Gedränge all der Leute, die zu den Türen quollen. Ich starrte sie an.
Mein Gott, dachte ich, eine Indianerin.

3

Alma trug weder eine Feder im Haar noch ein fransenbesetztes Lederkleid
noch Mokassins mit Wildschweinborsten, sondern eine alte Jeans, Sandalen,
ein gelbes T-Shirt und eine weiße Leinenjacke. Ihre glatte Haut war auch
nicht rot, nur gebräunt, das Gesicht, der Hals, die Hände. Ihr Haar allerdings
stammte aus dem Indianerbilderbuch, glatt, lang, pechschwarz, zu zwei dicken Zöpfen geflochten, in denen kleine bunte Perlchen schimmerten. Und
ihre Augen standen ein wenig schräg unter ihrer geraden Stirn, das Weiße
darin war blank und klar wie eine frische Wolke vor dem blauen Grau der Iris.

Ihr Körper war schmal und lang, aber nicht zerbrechlich, nicht weich, aber
geschmeidig. Sie bewegte sich gelassen, sanft, mühelos, ohne Spannung und
Brüche. Ich half ihr bei den Koffern, wir stiegen in den Zug, sie ging, um ein
leeres Abteil zu finden, kam zurück, wir schafften das Gepäck hinüber und
setzten uns.

Eigentlich fällt es mir schwer, mit Unbekannten ein Gespräch zu beginnen,
zumal mit Frauen, die mir gefallen. Es macht mir zwar nichts, über Gott und
die Welt zu plaudern, scheint mir aber nur dann der Mühe wert, wenn eine

Chance besteht, dass der verbalen Annäherung noch eine andere folgt, am besten die körperliche, oder zumindest eine briefliche. Doch diese Chance ist, wenn man 30 ist, relativ selten, weil die weiblichen Gegenüber meist schon in festen Händen sind und darin wenig abenteuerlustig. Da versuche ich erst garnicht, ins Gespräch zu kommen, die Worte sind zu schade, um sie nur um ihrer selbst willen zu verlieren.

Mit Alma jedoch war es sehr leicht, nicht weil ich mir eine Chance ausgerechnet hätte, sondern weil sie auch ohne interessant genug war. Vielleicht lag es auch daran, dass wir Englisch sprachen, mein Wortschatz ist zu schmal, um mich in ein Konversationspolster aus Gemeinplätzen zu betten. So wurde das Reden informativer.

Sie war nur eine halbe Indianerin, erzählte sie, die Mutter eine Apache aus dem Mescalero-Reservat am Rio Pecos in Texas, der Vater Mexikaner, Julio Ruiz, aus einem kleinen Kaff in Sonora. Die Familie lebte allerdings in Laredo (USA), gleich an der mexikanischen Grenze, Alma war dort auch geboren, 1953. Sie hatte Archäologie und Völkerkunde studiert, nannte auch irgendeinen akademischen Grad, den sie besaß, ich habe ihn vergessen.

Ich beobachtete sie aufmerksam, während sie sprach, denn sie redete nicht nur mit den Lippen, sondern zugleich mit einer Vielzahl von mimischen und gestischen Zeichen, die ihre Worte illustrierten. Ich hatte noch nie erlebt, dass jemand sich mit soviel unverkrampfter Vitalität mitteilte, und zuerst schüchterte es mich ein, ich fühlte mich dagegen wie ein Stein und uralt. Auch die eigene Biographie erschien mir unendlich dürftig, schon rein klanglich: Charly Mayer neben Alma Ruiz, Köln neben Laredo, Rhein neben Rio Pecos, Buchverkäufer neben Archäologin – das hörte sich an wie Kartoffel neben Papaya, so miefig provinziell.

Dann sagte ich mir, dass das Fremde vermutlich immer sehr viel exotischer wirkt als das Bekannte. Außerdem war es nicht Almas Schuld, wenn ich dank Karl-May-Erziehung und Dustin Hoffman (Little Big Man) und Castaneda so naiv auf Indianisches abfuhr.

Immerhin konnte ich meinen Ur-Ur-Uronkel Carl erwähnen, den einzigen abenteuerlichen familiären Lichtblick. Er hatte 1879 Deutschland den Rücken gekehrt und sich in die Staaten abgesetzt. Unter den Familienpapieren, die meine Eltern mir überlassen hatten, befand sich auch eine uralte Kladde mit Aufzeichnungen Carls über seine Zeit im amerikanischen Westen. Ich hatte einmal ein paar Teile daraus ins Deutsche übersetzt, zum Spaß oder vielleicht auch für den Englischunterricht in der Schule, ich wusste es nicht mehr. Alma jedenfalls fand es interessant und erkundigte sich nach Einzelheiten, an die ich mich aber nicht erinnerte. Haften geblieben war mir nur, dass Carl auch eine Weile bei Indianern gelebt und äußerst angetan davon berichtet hatte. Nach dem Massaker von Wounded Knee, irgendwann um die Jahrhundertwende, war er dann in den weißen Osten zurückgekehrt.

„1890 war das", erklärte Alma.

„Was?" fragte ich.

„Wounded Knee", sagte sie, „damals wurde Sitting Bull von Indianeragenten ermordet. Es war der letzte Indianerkrieg, und bei Wounded Knee wurden die letzten Dakota von den weißen Truppen zusammengeschossen, mit ihren Frauen und Kindern. Der Kommandant, Oberst Forsyth, bekam später einen Orden dafür. Ob dein Carl wohl dabei gewesen ist?"

Ich wusste es nicht, würde aber zuhause mal nachlesen, nahm ich mir vor. Manchmal helfen mir solche Anstöße von außen, mich mit Dingen zu beschäftigen, auf die ich von selbst nicht käme. Und der nachhaltigste Anstoß ist eine interessante Frau, weiß der Himmel, wieso.

Merkwürdigerweise fiel mir Marlon Brando ein. „Hat der sich nicht mit euch solidarisiert in Wounded Knee?" fragte ich, „ich meine 1973, beim zweiten Mal."

Alma lachte. „Ja, das hat er", sagte sie.

„Und warum lachst du?" fragte ich.

„Weil das typisch ist", sagte sie, „überall ist mir das in Europa begegnet. Ich erzähle davon, wie man mit uns umgesprungen ist, und prompt sagt einer: Aber Marlon Brando! Und wenn ich eine Schwarze wäre, würde man sagen: Aber Onkel Toms Hütte oder Abraham Lincoln! Es ist so lächerlich, dieses schlechte Gewissen."

„So habe ich das nicht gemeint", wandte ich ein.

„Nicht?" fragte sie und sah mich an, „Warum fiel dir denn gerade Marlon Brando ein und nicht Russell Means oder Clyde Bellecourt oder John Blake?"

„Wer ist das?"

„Eben", grinste sie, „das sind drei Indianer, die 1973 in Wounded Knee dabei waren, allerdings mit dem Gewehr in der Hand und ohne Deckung durch prominente Namen."

„Ich verstehe, was du meinst", gab ich zu, „aber es liegt auch daran, dass nicht allzuviele Informationen von euch zu uns rüberkommen."

„Das stimmt", sagte Alma, „ich glaube, man liefert euch nur die Mythen, diesen ganzen Wild-West-Scheiß. Und Brando ist ja auch so ein Mythos."

Ich muss gestehen, ich dachte: Was geht es mich an? Schwierig war nur, dass Alma mir gefiel, und sie war Indianerin.

Sie betrachtete mich. „Was ist los?" fragte sie.

„Du bringst mich durcheinander", sagte ich.

„Weil ich Indianerin bin?"

„Ja", gab ich zu.

Sie lehnte sich zurück und musterte mich. „Ich würde wirklich gern wissen, was in deinem Kopf vorgeht", meinte sie, „etwas läuft da schief, und es verletzt mich."

„Ich merke es selbst", sagte ich, „ich fühle mich fast wie ein Rassist, aber wie ein umgekehrter, verstehst du, ich finde euch viel besser, schöner, interessanter als uns."

„Das ist eben der Mythos", erregte sich Alma, „bei dir nur halt ein positiver. Aber der ist genauso falsch und hat mit uns nichts zu tun!"

„Schon", stimmte ich zu, „es ist aber auch noch etwas anderes."

„Und was?" fragte Alma.

„Zum Beispiel, dass du toll aussiehst", sagte ich, „und das ist kein Mythos."

„Oh, danke", lachte sie, „ich hätte garnicht geglaubt, dass du so offen sein kannst."

„Noch ein Mythos", entgegnete ich.

„Dann haben wir schon zwei", stellte Alma fest, „wenn wir jetzt noch die Wirklichkeit herausfänden, könnten wir uns vielleicht nahekommen."

„Das wäre schön", träumte ich, „aber dazu müsstest du schon bei mir bleiben, nicht?" Es rutschte mir so raus und war wohl als Scherz gemeint. Aber sofort merkte ich, dass es das nicht war, nicht im entferntesten. Es war kein Spiel mehr.

Alma sah mir in die Augen.

„Gut", entschied sie dann und lächelte hinterlistig, „einen Tag, ich meine, wir haben einen Tag, um es rauszufinden. Morgen um Zwei muss ich in Düsseldorf am Flughafen sein, um Drei geht meine Maschine nachhause. Einverstanden?"

„Schön", grinste ich und begriff nicht ganz, was eigentlich vor sich ging.

Alma sagte: „Ich versuche, noch ein bisschen zu schlafen", zog die Sandalen aus und die Beine auf den Sitz, drehte ihr Gesicht zur Rückenlehne und schloss die Augen.

Als ich die Zigarette im Aschenbecher ausgedrückt hatte, wusste ich nicht, wohin mit meiner rechten Hand. Ich legte sie vorsichtig auf Almas Schulter und betrachtete ihre braunen, nackten Füße und ihre rechte Brust, die wie ein kleiner Ball auf ihrem Oberarm lag.

4

Kurz nach Acht waren wir in Köln und gegen Neun in meiner Wohnung. Es war ein stickiger Sommerabend, warm, mückendurchsetzt und schmuddelig. Die Sonne verzog sich gerade dick und verschleiert hinter die Dächer. Heimatgefühl empfand ich nicht. Ich schloss die gekippten Fenster und schaltete die Sicherungen wieder ein. Der Kühlschrank stank.

Alma schaute sich um, während ich die Post durchsah. Meine fristlose Kündigung war dabei, ich hatte damit gerechnet, schließlich war ich ohne Anmeldung in Urlaub gefahren. Aber die Arbeit im Buchladen hatte mir ohnehin nicht gefallen, also war es einerlei. Erfreulicherweise hatte Däubler mir noch das halbe Gehalt überwiesen, auch das Weihnachtsgeld (anteilmäßig), und sogar noch eine Prämie, weil ich im Juni einer pelzkragenbesetzten Dame Kindlers Literaturlexikon angedreht hatte. Er war korrekt und penibel, wie es sich gehörte.

„Warum grinst du so?" fragte Alma.

„Ich bin meinen Job los", lächelte ich versonnen.

„Wieso?"

Und ich erzählte ihr von meiner Reise. Sie schüttelte den Kopf. „Du bist leichtsinnig", meinte sie, „aber deine Wohnung gefällt mir", fügte sie hinzu, „besonders die Badewanne. Darf ich sie mal benutzen?"

„Sicher", sagte ich, „ich muss nur zuerst das Gas anmachen."

Alma kramte in ihren Koffern herum, während das Wasser lief, und mir fiel ein, dass wir vergessen hatten, im Bahnhof Lebensmittel zu kaufen. „Sollen wir essen gehen nachher?" fragte ich.

„Nein, bitte nicht", sagte Alma, „ich hab keine Lust."

Es klingelte, sie verschwand im Bad. Es waren meine Nachbarn, sie hatten uns kommen hören und meldeten, dass während meiner Abwesenheit mehrmals Leute vom Buchladen nach mir gefragt hätten. Und auch Sally war dagewesen. Sie hatte ich ganz vergessen, es tat mir leid, gleichzeitig bekam ich ein schlechtes Gewissen und ärgerte mich, sofort wieder in all dem Kleister zu stecken.

Die Nachbarn verabschiedeten sich wieder, und ich kam darauf, sie um etwas Brot, Butter, Wurst und ein paar Eier zu bitten. „Gern", sagten sie, ich ging mit rüber und kehrte mit einem dicken Plastikbeutel wieder.

Alma planschte und sang im Badezimmer herum. „Magst du ein Omelett?", fragte ich durch die Tür. „Ja", rief sie zurück. „Auch Kaffee?", wollte ich noch wissen, „Ja", antwortete sie. Ich setzte das Wasser auf und rührte den Teig an. Dann legte ich eine Platte auf, rückte mir den Stuhl ans Fenster und rauchte eine Zigarette.

Eingewickelt in ein Badetuch kam Alma mit offenen Haaren aus dem Bad herüber, ihre nackten Beine glänzten.

„Du starrst mich schon wieder an", stellte sie fest.

Ich schluckte.

„Hast du einen Bademantel?", fragte sie, „ich mag nicht gleich wieder in die Kleider."

Ich öffnete meinen Koffer und gab ihr den Bademantel. Dann pfiff der Wasserkessel, ich ging in die Küche, goss den Kaffee auf und machte mich an die Omeletts. „Soll ich den Tisch decken?", bot Alma an, und ich zeigte ihr den Schrank mit dem Porzellan und dem Besteck.

Nach dem Essen löschten wir das Licht, öffneten das Fenster, zündeten zwei Kerzen an und setzten uns auf die Matratzen.

„Warst du schon mal in den Staaten?", fragte Alma.

„Nein", sagte ich.

„Möchtest du mal hin?"

„Nein", antwortete ich und dachte nach, „Wozu auch? Wir sind hier ja schon fast so weit wie ihr, schau dich nur mal um, in den Wohnungen, den Geschäften, auf den Straßen. Wir sind bloß noch eine Imitation, plastic people, vollelektronisiert vom Radiowecker bis zum Videogerät, durchprogrammiert vom E-Werk bis zur Wahlurne. In brüderlicher Treue marschieren wir mit euch durch dick und dünn. Amerika, geh voran!, wir folgen dir, bis in den Neutronenhimmel hinein!"

Ich starrte auf die flackernden Flammen der Kerze. In ihrem Schein tanzten die Stühle und der Tisch auf der Wand umher, verrenkt, unruhig, hilflos, als wollten sie weg und kämen nicht los. Da war sie also wieder, die WELT, dachte ich, man klebt daran fest, und auch lockere Gewaltmärsche ändern nichts. Die schlechteste aller Welten.

Alma sah mich von der Seite an, ich spürte es, ohne hinzuschauen.

„Weißt du", versuchte ich ihr zu erklären, „es gibt einfach keinen Ort mehr, wohin man könnte, wo man sicher wäre und geborgen. Euer Hollywood-Präsident produziert, seit er es ist, nichts als Scheiße und lässt die dann noch über alle Medien in der ganzen Welt verbreiten. Ich wage kaum noch, das Radio anzumachen, weil ich diese Meldungen über den jeweils jüngsten Stand der Weltuntergangsvorbereitungen nicht mehr ertrage. Ich werde morgens wach und hab Angst, dass es im nächsten Augenblick knallt und mir die Trümmer um die Ohren fliegen. Aber ich sehe es nicht ein, verstehst du, das ist das Schlimme, ich finde mich einfach nicht mit der Idee ab, dass ich in diesem oder im nächsten Jahr verrecken soll, nur weil eure schweigende Mehrheit, wenns ihr schlecht geht, sich immer wieder eins in die Tasche lügt und irgendeinem Psychopathen hinterherläuft, der ihr die Rückkehr zu den glorreichen Pioniertagen verspricht. Und wir hier in Europa dürfen dann im Gegenzug ebenso schweigend eure fetten Atompilze verzehren, nach Western-Art. Ich kriege kein Bein mehr hoch, weil es sich nicht lohnt."

Ich spürte, dass ich auf dem besten Weg war, mir eine Falle zu stellen. Denn je länger ich sprach, umso elender fühlte ich mich. Aber ich fand nicht die Energie, mich dagegen zu wehren. Ein Wort gab das andere, sie fielen aus mir heraus, und jedes strickte an dem Netz mit, in dem ich mich verfing. Als ob ich eine endlose Wand hinabstürzte, in ein Sprungtuch aus Kaugummi, das mich nicht auffing, nur den Fall verlangsamte. Mein Gewicht drückte in den Kaugummi einen hohlen Finger, der sich mit mir in die Tiefe dehnte, immer enger wurde und ins Nichts zeigte.

„Bitte, erzähl mir nichts über Reagan!", ernüchterte Alma meine masochistischen Überlegungen, „und über die schweigende Mehrheit, oder darüber, wer was auszuhalten hat. Du lebst doch hier wie im Paradies, und der einzige Schatten, der es trübt, stammt von einem riesigen Pilz, vor dem du Angst hast. Sei doch nicht so verflucht literarisch! Was glaubst du denn, wie *unsere* Schatten aussehen, seit vierhundert Jahren? Und wenn es nur Schatten wären, die wir auszuhalten haben. Das Geld, mit dem die Reagan-Administration ihre Rüstung und ihre Konzerne finanziert, nimmt sie doch zuallererst *uns* fort, den Schwarzen, den Indianern, den Chicanos, den Arbeitslosen und den Kranken und den Alten! Und für die hat das überhaupt nichts Literarisches, das kannst du mir glauben, die können sich garkeinen Weltschmerz leisten, die haben morgens beim Aufstehen keine Furcht vor Atompilzen, sondern davor, Hunger zu leiden oder bei irgendwelchen Rednecks betteln zu müssen oder vor dem Knast oder dem Alkohol! Reagan's Amerika ist nicht unseres, hörst du, wir haben nichts mit ihm zu tun!"

„Schön", sagte ich, „aber wo ist es, *euer* Amerika? Wo habt ihr es denn versteckt? Man hört garnichts davon. Bist du dir wirklich sicher, dass es überhaupt existiert? Oder habt ihr auch eine schweigende Opposition?"

Alma reckte sich. „Das ist eine Gemeinheit!", sagte sie so kalt, dass es mich wie eine Ohrfeige traf, „Sollen wir etwa eure Suppe auslöffeln? Ist das unsere Sache, wenn ihr den Weiße-Haus-Herren wie Hunde folgt? Kannst du dir nicht vorstellen, dass wir mehr als genug mit uns selbst zu tun haben, mit unserem eigenen Überleben nämlich? Du weißt ja nicht, was das heißt, in Amerika Indianer zu sein oder Schwarzer. Meinst du denn, die Indianerkriege oder die Sklaverei, das sei bloß noch Geschichte? Den Ku-Klux-Clan gibt es noch immer, auch die Nazi-Partei. Denkst du, dass sei so kinderleicht, zu opponieren, wenn einer von denen sogar Präsident werden kann? Glaubst du, jemand, der so aggressiv mit den Sowjets, den Kubanern, den Sandinisten und der Guerilla in Salvador umspringt, der ginge mit seinen Gegnern im eigenen Land viel freundlicher um? Sei doch nicht so entsetzlich selbstgefällig!"

Alma rückte von mir weg, nicht körperlich, aber innen, ich spürte es genau. Sie saß ganz aufrecht da und musterte mich scharf, und ich fühlte mich jämmerlich, denn ich wollte ihr nahe sein und merkte, es gelang nicht. Und das nur wegen ein paar Worten oder wegen ein paar Ferkeln auf ihren hohen Rössern. Was hatten wir denn mit ihnen zu tun, Alma und ich, hier, jetzt? Was gingen sie uns eigentlich an, Reagan oder Breshnew oder Schmidt oder Strauß? Was um alles in der Welt hatten sie hier zu suchen, zwischen uns? Woher nahmen sie sich das Recht, so unendlich wichtig zu sein? Wie konnten sie so viel grässliche Macht besitzen, bis in den letzten Winkel meines Bauchs, dort wo die Angst saß?

Ich hätte heulen mögen, oder auch lachen, weil ich mir so lächerlich und böse vorkam, so klein und ohnmächtig wie ein wehrloses Kind – obwohl ich doch 30 war und auf Knopfdruck hin nach Belieben große, erwachsene Worte in den Raum spucken konnte. Warum war alles so haarsträubend schwierig?

Alma stand auf, und ich fürchtete schon, sie würde gehen. Aber sie legte nur eine Platte auf, und John Lennon sang:

> Hier, in irgendeinem fremden Zimmer,
>
> spät am Nachmittag.
>
> Was soll ich hier überhaupt,
>
> ich weiß doch: ich verliere dich?

Oh Gott, dachte ich, warum legt sie gerade dieses Lied auf?, es war das fünfte auf der Seite.

Sofort wünschte ich mir, allein zu sein, mich in mein Bett zu verkriechen, die Augen zu schließen und die Ohren – doch zugleich sehnte ich mir die glänzendste aller Launen herbei, wollte fröhlich sein, witzig, unterhaltsam, von Einfällen und Gags sprühend, und dazu noch attraktiv, gut gekleidet und frisiert, frisch gebadet, mit einem sportlich trainierten Leib, und auch gebildet, wortgewandt, jedem Thema gewachsen… und dann würde ich Alma erobern, im Sturm auf der Stelle… und fand beide Wünsche maßlos dumm und falsch und verbarg mein Gesicht in den Händen.

Und dann spürte ich Alma an mir, roch sie, fühlte ihre Wärme, ihr Haar fiel auf meine Hände, ihre Finger strichen über meines, ihr Atem streichelte meinen Nacken, ihre Hand schob sich vor meinen Mund, ich küsste ihre Finger, und dann war ihr Gesicht vor meinem, und ihre Lippen berührten meine, und ich spürte das Gewicht ihres Körpers auf mir, den leichten Druck ihrer Brüste, und ich wusste, wie schön sie war, und das alles bedeutete Wirklichkeit und Gegenwart, und die waren der Boden, auf dem es sich leben ließ.

5

Als gegen fünf der Morgen blass und zögernd durchs Fenster zu uns hereinschaute, musterte er uns nervös wie ein Voyeur und verzog sich gleich wieder hinter seine grauen Wolkenfetzen, moralinsauer empört.

Alma lag rücklings auf mir, ich rieb meine Wange an ihrem Kinn und spielte mit ihren Brüsten.

„Schläfst du?", fragte ich leise.

„Bist du verrückt?", fragte sie, „ich will das nicht träumen, sondern genießen." Sie reckte sich, spreizte ihre Beine, griff über ihren Bauch hinweg meinen Schwanz und zog ihn sanft hoch. In ihrer Hand begann er zu wachsen, leicht drückte sie den Schaft gegen ihre Spalte, so dass die Spitze ins Freie ragte. „Gott", kicherte sie, „es sieht aus als hätte *ich* einen Schwanz!" Sie rutschte ein paar Zentimeter höher, mein Mund berührte ihren Hals, dann bog sie meinen Schwanz zurück und ließ die Spitze mit kreisenden Bewegungen durch ihre Spalte flutschen, vom Damm hoch bis zur Perle. Ihre Wärme und Feuchtigkeit ließen mich erschauern, zitternd presste ich ihre Brustwarzen zwischen den Fingern und lutschte an ihrem Ohr. „Oh Himmel", keuchte sie, „es ist fast so als ob ich es mir selbst machte, ich fühl mich wie ein Hermaphrodit!" Ihre Hand kreiste immer schneller und fester, plötzlich bäumte sie sich auf, ihre Nägel krallten sich in mein Glied, und mein Schädel zersprang mit einem Schrei, als es aus mir heraus in Almas Schoss quoll. Schweratmend zog sie ihre nasse Hand von ihrem Unterleib und strich mir damit durchs Gesicht.

„Leck es", befahl sie, schob mir die Finger in den Mund, und ich lutschte daran herum und wusste nicht mehr, ob diese feuchte Hitze in mir verschwand oder ich in ihr.

Dann lagen wir erschöpft nebeneinander und starrten zur Decke. „Ich will nur noch eins", seufzte Alma, „schlafen."

Mühsam stand ich auf und zog die Vorhänge zu. Alma drehte sich herum. „Wie spät ist es eigentlich?", fragte sie. „Gleich Sechs", las ich vom Wecker ab.

„Wir haben gestern garnicht nach einem Zug geschaut!", fiel ihr ein, „ich muss doch um Zwei in Düsseldorf sein!"

„Ich mach das gleich", beruhigte ich sie und streichelte ihr übers Haar, „ich weck dich dann."

„Bist du nicht müde?", fragte sie ganz leise.

„Doch", sagte ich, „aber nicht so, dass ich schlafen könnte." Ich hob eine Bettdecke vom Boden auf und deckte Alma zu. Sie kuschelte sich tief hinein. Ich ging aus dem Zimmer und zog hinter mir die Tür zu.

Mein ganzer Körper klebte, aber ich hatte keine Lust, mich zu waschen, weil ich Almas Geruch nicht verlieren mochte. Er verband uns miteinander, auch wenn sie jetzt allein im Bett lag.

Ich machte mir eine Tasse Nescafé, setzte mich in der Küche auf einen Stuhl und rauchte eine Zigarette. Ich fühlte mich so leer und leicht, dass ich meinen Leib nicht mehr als etwas empfand, was mich von der ganzen übrigen Welt absonderte – ein Gefühl als gehörte ich dazu.

Von draußen schwappte allmählich der Tageslärm herauf, ich zog mich an und ging zur nächsten Telefonzelle. Unterwegs fiel mir ein, dass ich auch einen Wagen besorgen könnte, um Alma zum Flughafen zu bringen. Allerdings kam nur einer in Frage, Sally's alter VW.

Ich überlegte es einen Moment, dann dachte ich Was-solls? und klingelte Sally aus dem Bett. „Ach, das ist ja toll!", rief sie verschlafen und schon wütend in den Hörer, „dich gibt es noch? Haben dich deine Entführer schon wieder freigelassen oder was?" Ich versuchte ein paar verunglückte Entschuldigungen.

„Ach, hör auf!", wehrte sie ab, „sag lieber, was du von mir willst, denn du willst doch was, oder?"

„Deinen Wagen", sagte ich.

„Wozu das denn?"

„Ich hab jemanden bei mir, der muss heute Mittag nach Düsseldorf zum Flughafen. Kannst du mir den Wagen für ein paar Stunden geben?" Irgendwie ärgerte es mich, dass ich so schwammig daherredete. Sally schwieg eine Weile. „Ich fahr euch hin", erklärte sie dann.

„Wie bitte?" rief ich.

„Ja", sagte sie, „entweder so oder garnicht. Willst du oder willst du nicht?"

„Hast du Angst, ich klau dir dein blödes Auto?", fragte ich.

„Natürlich", antwortete sie knapp.

Ich gab auf. „Okay", sagte ich, „danke. Kannst du um Zwölf bei mir sein?"

„Sicher", sagte Sally, „auch früher."

„Komm, wann du willst", kapitulierte ich und hängte auf.

Draußen merkte ich, dass ich meinen Körper wiederhatte, den vollen, schweren. So ging das eben.

Die Bäckerei an der Ecke öffnete gerade, ich kaufte sechs duftende, heiße Brötchen, ging nachhause, duschte und deckte den Tisch. Dann saß ich herum und wartete. Um Neun hörte ich Sally draußen knatternd vorfahren, ich drückte ihr die Haustür auf, damit sie nicht klingelte.

Sie kam herein und schnupperte herum. „Hier stinkt es", befand sie, „dein Jemand ist eine Frau, nicht?"

Ich fand es albern. „Wenn du jetzt noch sagst: Ich verlange eine Erklärung!, dann gehst du besser wieder", drohte ich.

Sie schwieg, wir setzten uns an den Küchentisch – und natürlich lieferte ich die Erklärung, berichtete von meiner Reise und von Alma.

„Verstehst du es?", fragte ich.

„Eine richtige Indianerin?", fragte sie zurück, und das hatte ich nicht gemeint.

„Ja", sagte ich, „soll ich sie wecken? Dann kannst du sie dir begucken!"

„Ich finde es nur einfach interessant", sagte Sally.

„Ich auch."

Wir schwiegen eine halbe Zigarette lang.

„Was ist eigentlich mit dir los?", fragte sie dann.

Ich zuckte die Achseln. „Keine Ahnung."

„Und was ist mit mir, oder mit uns?", bohrte sie weiter.

„Meine Güte", fuhr ich sie an, „ich weiß ja nicht mal, wie es um *mich* steht! Und du fragst mich, was mit uns ist! Woher zum Teufel soll ich denn wissen, was mit uns ist? Oder willst du mich heiraten?"

„Das hättest du wohl gerne, was?", höhnte sie, „nur solltest du dir mal klar-machen, dass du nicht der einzige auf der Welt bist, der zählt! Ich habe keine Lust, von dir je nach Laune hin- und hergeschoben zu werden. Einmal lässt du mich kaum aus deiner Wohnung weg, ein andermal komm ich nicht rein, weil du gerade mal wieder deine Tage hast, deine existentiellen. Du ver-schwindest einfach zwei Wochen, ohne einen Ton zu sagen, dann rufst du fröhlich an und willst meinen Wagen haben, um irgendeine schnucklige India-nerin durch die Gegend zu kutschieren. Merkst du eigentlich nicht, was du den Leuten zumutest? Däubler rief mich fünfmal vom Geschäft aus an, fast hätten wir die Polizei verständigt. Und du ziehst währenddessen heiter durch die Weltgeschichte. Ich lass mich doch nicht wie Dreck behandeln, nur weil du in irgendeiner Krise steckst! Und wenn du auf alle Welt scheißt, dann sei doch wenigstens so anständig und schieb ihr nicht deine Schwierigkeiten in die Schuhe. Und tu nicht beleidigt, wenn andre auch mal auf dich scheißen!"

Sicher, sie hatte Recht mit dem, was sie sagte, das wusste ich; aber ob sie auch das Recht hatte, es mir zu sagen, dass wusste ich nicht. Aber wahr-scheinlich war das gleichgültig, es ging ja nicht um irgendwelche Legitimatio-nen. Jedenfalls fühlte ich mich in die Enge getrieben, an die Wand gedrückt, Alma hatte gestern Abend ähnliches geäußert, und ich wunderte mich über die fatale Harmonie zwischen ihr und Sally, und eigenartige Gedanken über die mystische Verbundenheit von Frauen geisterten mir durch den Kopf; ein giftiges Misstrauen, das eigentlich Verzweiflung war, darüber, ausgeschlossen zu sein. Schlapp sackte ich in mir zusammen.

In diesem Augenblick kam Alma herein, im Bademantel, und in ihrem Haar, ihrem Gesicht, an den Händen und Beinen klebten noch die Reste unserer Nacht. Es machte mich nicht verlegen, aber ich fand keinen Zugang mehr dorthin, und es hatte nichts mit Sally zu tun.

Alma reichte Sally die Hand. „Hallo, ich bin Alma", sagte sie, und Sally nahm die Hand und sagte: „Ich bin Sally." So einfach war das.

Alma küsste mich auf die Stirn und setzte sich, ich starrte sie an, Sally goss ihr Kaffee in die Tasse.

„Habt ihr Streit?", fragte Alma.

„Ja", antwortete Sally.

„Wegen mir?", wollte Alma wissen.

„Nein", sagte ich, „wegen mir. Sally liefert mir gerade die gleiche Charakterisierung wie du gestern."

„Ach", horchte Sally auf, „davon hast du mir garnichts gesagt."

„Was?", fragte Alma, Sally hatte Deutsch gesprochen und wiederholte es noch einmal in Englisch. Sie sprach viel besser als ich, denn sie hatte Verwandte in Lancashire und zwei Jahre dort gelebt. Mir wurde mulmig zumute, ich sah meine Felle schwimmen, den Bach männlichen Ungenügens hinab. Gleichzeitig schämte ich mich, so wenig Stabilität zu besitzen, oder Selbstwertgefühl, und töricht genug zu sein, diesen Mangel an den ungenügenden Sprachkenntnissen oder der falschen Geschlechtszugehörigkeit festzumachen. Es war lächerlich, aber ich wusste nichts dagegen zu unternehmen.

Sally und Alma redeten miteinander als sei ich nicht anwesend, ich bemühte mich, ihren Worten zu folgen, fand aber nicht hinein und verstand nichts. Eine unüberwindliche Wand zwischen ihnen und mir, und wie jeder, der auf eine Mauer stößt, drehte ich mich um und wanderte in die andere Richtung, also noch weiter von ihnen fort – was faktisch bedeutete, dass ich aufstand, ins Wohnzimmer ging, eine Schallplatte auflegte und auf meine Hände stierte.

Und plötzlich ging alles sehr schnell, Alma rannte ins Bad, duschte, zog sich an, packte ihren Koffer und stand abfahrbereit. Ich wollte meine Jacke anziehen, aber sie sagte: „Bitte, Charly, sei nicht böse, aber ich möchte nicht, dass du mitfährst. Ich mag solche Verabschiedungen auf Flughäfen nicht, außerdem bist du sehr schwierig im Moment, und das tut mir weh. Okay?"

Es war ein Tiefschlag, einerseits; andererseits fühlte ich so etwas wie Erleichterung. „Okay", sagte ich, „tut mir leid. Aber lässt du mir wenigstens deine Adresse hier, für alle Fälle?"

„Sicher", nickte Alma, ich gab ihr einen Zettel, auf dem sie es notierte. „Und ich möchte deine", sagte sie, „für alle Fälle." Sie reichte mir ein kleines Notizbuch, ich schreib sie ihr hinein.

Wir umarmten uns, Sally half ihr bei den Koffern, die vier Füße klapperten die Treppe hinab, ich stürzte zum Fenster, beugte mich hinaus, fragte Sally, ob sie später bei mir vorbeikäme, sie sagte „Mal sehn", dann fuhren sie los und Alma winkte, bis sie um die Ecke bogen.

Sally kam nicht an dem Tag, auch am nächsten nicht, am übernächsten auch nicht, ich sah sie nicht wieder – aber acht Wochen später lag Post aus Laredo in meinem Briefkasten, ein Brief von Sally.

„Lieber Charly", schrieb sie, „ich bin seit drei Wochen hier und fühle mich sauwohl. Ich hatte damals, als ich Alma zum Flughafen fuhr, mit ihr vereinbart, dass sie mir eine Stelle und eine Arbeitsgenehmigung in den Staaten besorgt. Seit vorgestern arbeite ich in Webb, einem kleinen Ort, etwa 40 km von Laredo entfernt, in einer Survival School, einer Überlebensschule, das ist eine Einrichtung der indianischen Bürgerrechtsbewegung AIM (American Indian Movement). Alma ist da sehr engagiert, aber das weißt du sicher, sie beendete ja, als ihr euch traft, gerade eine Europa-Tour auf Einladung der europäischen AIM-Hilfsgruppen. Ich hatte riesiges Glück mit dem Job, die Schule hier ist gerade im Entstehen begriffen, ich unterrichte Physik und Chemie, aber nach sehr unkonventionellen Methoden. Davon vielleicht ein andermal mehr.

Zur Zeit wohne ich noch bei Alma, sie hat ein kleines Apartment in Laredo, ein paar Straßen von ihren Eltern entfernt. Alles liebe Leute. Jeden Morgen fahren wir zusammen in Almas uraltem Ford nach Webb, sie hält in der Schule Kurse in indianischer Kunst und Kultur. Ich bin sehr froh, hier zu sein.

Ich glaube, ich muss dir Abbitte leisten, ich weiß jetzt, dass es Situationen gibt, in denen man ohne jede Ankündigung, Erklärung und Rechtfertigung einfach verschwinden muss. Worte hätten nur alles kompliziert und mir vielleicht den Mut genommen, herzukommen. Ich hoffe, du verzeihst mir meine Vorwürfe. Alma lässt dich lieb grüßen, sie steckt bis zum Hals in Arbeit und kommt nicht zum Schreiben, vielleicht findest du mal eine Gelegenheit.

Su afectisimo (ich lerne gerade Spanisch), Sally"

Ich sagte mir, nun gut, offenbar sind einige Dinge schief gelaufen, die Reise, Alma, Sally, ich saß wieder in meiner Wohnung, allein, wie zuvor, hatte keinen Job und noch für knapp vier Wochen Geld. Reagan spielte unterdessen sein reaktionäres Spiel weiter, im Verein mit Ribbentrop-Haig und Goebbels-Weinberger, die Koalition zerfleischte sich bei den Kürzungen für den 82er Haushalt, Polen geisterte täglich durch die Nachrichten, als Spekulationsobjekt der Kommentatoren, in Salvador schlachteten die Militärs unter Anleitung amerikanischer Berater die Zivilisten ab, usw. Unverändert lagen die Großen Zusammenhänge wie ein eisernes Gitter auf der Welt, schwer, starr, kalt, von emsigen Politprofis quer Beet geschmiedet, die ein lustvolles Vergnügen daran zeigten, todesmutig Seiltanzakte auf den Stäben zu liefern, stets bereit, im nächstbesten Luxusbunker unterzutauchen.

Darunter, in den Lücken, hatte sich das Leben abzuspielen, unseres, meines, in den kleinen Zusammenhängen viereckiger Spielräume, immer der Wände gewärtig, gegen die man stieß, falls man sich zu weit vorwagte oder zu schnell lief. Wenn die Welt, die man zerbrechen musste, um geboren zu werden, tatsächlich ein Ei war (wie Hesse äußerte)[9], dann waren wir bedauernswerte Küken, denn offenbar bestanden die Eierschalen aus Stahlbeton.

> Und trotzdem kämpfen wir
> und trotzdem glauben wir
> und trotzdem lieben wir,

das sang Erika Pluhar ganz ernsthaft im Radio, und ich fragte mich, ob die Dinge wirklich so einfach sein konnten, dass sie in drei Zeilen passten.

Sie konnten, musste ich zugeben, auch wenn es schwerfiel, sich von der Gewohnheit zu lösen, Alles und Jedes als überaus komplexes, ungemein vielschichtiges und darum unlösbares Problem zu sehen. Das waren intellektuelle Spitzfindigkeiten, nichts weiter, Feingeistereien, denen die realen Gegebenheiten Hohn sprachen.

---

[9] „Der Vogel brach aus dem Ei. Das Ei ist die Welt. Wer geboren werden will, muss eine Welt zerstören." (Hermann Hesse: Demian)

Sicher war Leben kompliziert, immer schon, einfach die Tatsache, dass man in einer eigenen Haut steckte, die nichts als Rätsel und Geheimnisse hütete, sowie der Umstand, dass man als solches Rätsel auch noch anderen begegnete, die um nichts klarer waren, und dann die Erfahrung, dass die Sprünge über den eigenen Schatten nie glückten, einen aber dennoch weiterbrachten, näher zum Wesentlichen, und das waren vor allem Menschen. Alma etwa.

Leben war kompliziert. Aber die Welt, in der es heute stattfand, war es nicht. Es war eine ungeheuer platte und einfache Sache, dass Washington und Moskau mit dem Gedanken spielten, Europa zu atomisieren. Und nichts würde platter und unkomplizierter sein als unser Verrecken. Selbst die Vorbereitungen dazu waren unsagbar simpel und banal, diese moralischen Kreuzzüge zwischen der Freien Marktwirtschaft und der Zentralen Planwirtschaft, zwei weltweiten Wahrheiten, die einander ausschlossen. Und dass beide nur den speziellen Interessen winziger Minderheiten hier wie dort entsprangen, ahnten auch die meisten. Die F.M.W. war eben die Wahrheit der Handvoll Freier Unternehmer, die Z.P.W. die der Handvoll Zentraler Funktionäre. Reagan war der Kaiser der einen, Breshnew der Tribun der anderen, und beide hatten ihre Lehnsherren in aller Welt. Sela. Und sie lachten sich darüber kaputt, dass sich da Zehntausende törichter Leute Tag und Nacht die Köpfe zerbrachen, wie man denn wohl diese schwierige Welt endlich durchschauen könne.

Diejenigen, die sich nicht den Kopf zerbrachen, hatten sie längst durchschaut: die Hausbesetzer in Berlin, die Komm-Leute in Nürnberg, die Straßenkämpfer in Zürich, all die blutjungen Punks, Aussteiger und Alternativen.

Man konnte sich die klugen Worte sparen, die endlosen Dialoge mit der „Jugend", den Steinewerfern, den Verweigerern. Es gab nichts, über das man noch sprechen müsste, es war keine Angelegenheit der fehlenden oder treffenden Worte mehr, denn alles war längst gesagt. Und wer das nicht kapierte, der kapierte überhaupt nichts. Die hübschen verbalen Bande zwischen Oben und Unten wurden bedeutungslos, wenn die Oben versuchten, uns Unten zu Schrott zu machen.

Das war alles.

Und dennoch saß Alma jetzt in Texas, und Sally auch, und ich noch immer in Köln, schon wieder, und wusste nicht, was zu tun sei. Es machte mir Mühe, meine Gedanken und Empfindungen zu ordnen, und selbst wo es mir gelang, war damit noch nichts geschafft. Deutlicher wurde mir nur, dass das, was ich bisher gedacht und empfunden hatte, nicht mehr ausreichte. Es genügte nicht mehr, das Bekannte einfach unentwegt zu wiederholen, stur der geschlossenen Kreislinie folgend, und mir noch einzureden, da wäre berechtigte Hoffnung, so auch noch irgendwo anzukommen. Ich bewegte mich dabei garnicht wirklich, vielmehr lief in meinem Kopf nur eine Art Film ab, von dem ich bislang annahm, ich wirke darin mit und er sei die Wirklichkeit.

Er war es nicht, das fühlte ich jetzt, oder höchstens eine von vielen. Aber indem er jede andere zudeckte, wurde er zu einer Lüge und ich, der ihn für wahrnahm, zum Lügner. Und diese Lüge kam einer Blockade gleich, sie lag mir wie ein Kloß im Hals und erschwerte das Schlucken, oder wie ein Stein auf der Brust, der das Atmen zur Qual machte. So ließ sich nicht weiterkommen, die Wand, die mich von meinen Wünschen trennte, lag in mir, ich spürte sie wie einen Stock im Kreuz, der mich lähmte.

6

Trotzdem startete ich noch einen Versuch, zurückzukehren, ins „frühere" Leben, schaffte es (nach einem Bettelgespräch), wieder in Däublers Buchhandlung unterzukommen, als Halbtagskraft, von 9 bis 14 Uhr, und auch die Freizeit füllte sich wieder mit Vertrautem, Kino, Kneipen, Treffs, und zum Wochenabschluss die Samstagnachtorgie. Aber ganz fand ich nicht mehr hinein, es blieb ein Riss in der Selbstverständlichkeit, eine Distanz, aus der heraus ich mich selbst beobachtete, mit gemischten Gefühlen. Der frühere Ernst gelang mir nicht mehr rundum (nicht wahr, Ernst?), und Sally fehlte, das vor allem, es wunderte mich.

Zwar war da noch Dorotha, die polnische Pseudo-Gräfin, ein blaublütiges Relikt wie aus Zarenzeiten, wunderschön, neurotisch, nervös, wie einem Tolstoi-Traum entstiegen (oder der Hollywood-Verfilmung) und in ein scharfgeschliffenes Eiskristall gesperrt, das sie unberührbar machte. Wohlüberlegt präsentierte sie darin ihre flüchtige Schönheit der ausgeklammerten Welt. Wer daran fasste, zerschnitt sich die Finger, und wer hineingeriete, würde vermutlich zerschmelzen, zu einem unbedeutenden Farbfleck auf Dorothas langen Fingernägeln.

Ich betrachtete sie nur, einen Abend lang, aus sicherem Abstand, genoss ihren Leib mit meinen Augen, und das genügte schon, mehr wollte ich nicht von ihr, und es machte mich traurig, denn es war das erste Mal, dass eine Frau mir nicht mehr bedeutete als Brüste, Beine, Hintern und Gesicht. Vielleicht bemerkte ich es auch nur zum ersten Mal, jedenfalls erschrak ich vor der Brutalität, die darin lag, einen anderen so sehr zu reduzieren, auf seine Geschlechtsmerkmale, seine Lustfunktion, ganz unverblümt. Andererseits war es ehrlicher, und das tat gut, da schwebte kein moralischer, idealischer Schleier mehr um mein Hirn, der alles so sehr verfremdete. Dorotha derart lüstern zu sehen, war eben brutal, doch damit wahrer als der sanfte Schein.

Die samstägliche Orgie gab mir den Rest. Sie war seit Jahren eine turnusmäßige Veranstaltung in meinem Bekanntenkreis, ein Gemisch aus Besäufnis, Fressen, Klugscheißerei und sexueller Anzüglichkeit. Diesmal fand sie bei Kassners statt, einem jungen Ehepaar aus der Chemieindustrie. Sie war eine spröde, unterkühlte Intellektuelle, er ein polterndes, komplexbeladenes Ekel. Auch diesmal warf er wieder seine törichten Science-Fiction-Statements in die Runde, Lobpreisungen der ungeheuren Errungenschaften „unserer" Wissenschaft, mit höhnischen Seitenhieben gegen Ökologen, Umweltschützer und Müsli-Freaks. Ich wusste, dass er das brauchte, um sich ein wenig zu profilieren, aber zum ersten Mal verzieh ich es ihm nicht.

Ich kannte seine Thesen in- und auswendig, sie begannen bei Galilei und endeten irgendwo in einem vollautomatischen Nirwana auf „von uns" kolonisierten „fremden Welten". Kassner sah den wissenschaftlich-technologischen Fortschritt als eine stabile Leiter, mit deren Hilfe sich „Der Mensch" Sprosse um Sprosse über jede irdische Begrenztheit „erhebe", in einen computerisierten Himmel hinein, wo statt des BGB mathematische Formeln das Zusammenleben regeln würden. Für ihn war es unzweifelhaft, dass die Erde eine Kugel sei (oder wenigstens ein Ei), dass eine Tischplatte mit vier gleichen Seiten und Winkeln quadratisch und das All endlich sei, durch Raum und Zeit begrenzt. Er glaubte es, weil es bewiesen war, rechnerisch, experimentell, und nahm an, dass man sich auf diesem festen Fundament objektiver Axiome unaufhaltsam auch der objektiven „Wahrheit" nähere, eben den fremden Welten.

Kassner war ein Eroberer-Typ, zum ersten Mal fiel es mir auf, einer mit langer europäischer Ahnenreihe. Und er eroberte, wie zahllose vor und neben ihm, indem er die Ziele seines Interesses in feste, unverrückbare Begriffe bannte. Amerika konnte erst entdeckt werden, nachdem man die Erde in eine Kugel verwandelt hatte, weil die vorige Scheibe nichts Neues mehr hergab. Und erst auf dieser Kugel lohnte es sich, Flugzeuge zu entwickeln, Satelliten, Raketen. So sah ich es. Für Kassner dagegen *gab* es diese Kugel, seit jeher, war sie eine Wirklichkeit, die unsere Vorfahren (vor Galilei) nur nicht in der Lage waren zu erkennen. Die eindeutigen Ergebnisse der wissenschaftlichen Forschung hätten uns die Augen geöffnet, Stück für Stück, und so würde es weitergehen, bis wir alles, was um uns noch an Rätselhaftem sein mochte, überschauen und beherrschen könnten. Das allgegenwärtige Auge der Gesetze – mir lief es fröstelnd den Rücken runter. Aber genau das war es: Kassners „objektive Beweise" waren nichts weiter als willkürliche Übereinkünfte, aus denen sich die entsprechenden gewünschten Schlüsse ziehen ließen.

Keines Menschen Auge hatte je die Welt als Kugel *gesehen*, sowenig wie die Tischplatte als Quadrat. Es waren nur Bilder, Ideale, mit denen man die Dinge erstarren ließ, um über sie verfügen zu können. Sobald man den Tisch in ein Quadrat überführte, konnte er sich nicht mehr rühren – es ließ sich mit ihm rechnen. Mit den Idealen tötete man die Dinge, in der falschen Annahme, dabei selbst vitaler zu werden. So entstand, auf einer irrealen Basis, ein ganz irrealer Kosmos, von Hintertupfingen bis zum Andromeda-Nebel. Kassners fremde Welten waren schon auf der Erde vorhanden, in jedem Ding, das ihn umgab, vom Küchenstuhl bis zum Sonnenuntergang. Denn von alldem trennten ihn seine Begriffe, die die Welt zu Stein machten.

Männer.

Am Montagmorgen kündigte ich bei Däubler; ich verstand, dass er mir beinahe ins Gesicht sprang, konnte ihm aber nicht helfen. Außer ihm registrierte niemand meinen neuen Rückzug, die Beziehungen lösten sich erst garnicht auf, offenbar hatten sie nie bestanden. Es machte mir nichts.

Ich vergrub mich in einen Bücherberg, Literatur über Amerika, von Las Casas' „Bericht von der Verwüstung der Westindischen Länder" bis Studs Terkels „Amerikanischer Traum". Ich wollte herausfinden, woher Alma eigentlich kam, es war das mindeste, was ich tun konnte, um ihr gerecht zu werden.

Und selbst jetzt, beim Lesen, waren das Wichtige nicht mehr die Worte, die Buchstaben, die Sätze, die Informationen. Sie bildeten nur die Oberfläche, die dünne Haut. Wesentlicher war, dass sie etwas anderes transportierten, unter der Hand, subversiv, ein Lebensgefühl. Nicht das der Konquistadoren, der Pioniere, der Glücksritter, der Missionare und Sklavenhändler; auch nicht das der Wirtschaftsimperialisten oder Wissenschaftspsychoten oder Politgangster – deren Lebensgefühl war mir nicht neu, war ja unseres, das hiesige, europäische, weiße. Die autoritären abendländischen Traditionen hatten sich in der Neuen Welt nur fortgesetzt, wenn auch zusätzlich belastet durch die blutigen Hypotheken von Landraub und Völkermord. Das weiße Lebensgefühl war vor allem eine Kompensation des kollektiven schlechten Gewissens der Killer und Räuber. Daher diese hysterische, heuchlerische Doppelmoral der bleichen Amerikaner, diese schizophrene Kluft zwischen der großkotzigen offiziellen Freiheitsethik des Menschenrechtskatalogs und dem praktizierten alltäglichen Faschismus von Ausbeutung, Rassismus und Gewalt. Kein Zufall, dass die Psychoanalyse in den USA zum Massensport gedieh und Hollywood in einem wahnwitzigen Ausmaß künstliche Märchen produzierte, in denen stets das Gute siegen musste – nur dort fand es noch Platz.

Das Lebensgefühl der Weißen war keines, das zu fühlen lohnte. Die wirklich moralischen, humanen und demokratischen Beiträge Amerikas lieferten seine Farbigen, rote, schwarze, braune, gelbe: die Achtung vor dem Leben, die Unverkrampftheit der Bezüge zwischen Menschen, die Unaufwändigkeit des Wohnens, die Unmaßgeblichkeit von Besitz und Herrschaft, die Hochschätzung des Einzelnen und seine gleichzeitige soziale Geborgenheit, die jugendliche Ehrlichkeit, die greisenhafte Freundlichkeit, die erwachsene Würde – den

Spaß, zu leben. Blues und Rock 'n' Roll waren humaner als die weißen Staatsmärsche und befrackten Palasthymnen.

Und das hatte nichts zu tun mit dem Edlen Wilden, dieser sentimentalen Verklärung europäischer Melancholiker, die bedauernde Tränen vergossen, weil kein Weg dorthin zurückführe, zur Unschuld, zur Gesundheit, zur Reinheit. Als hätten wir das schon hinter uns! Wir haben es nicht, es liegt noch vor uns, diesen Fortschritt, den eigentlichen, müssen wir erst noch leisten. Und es hat nur zu tun mit Lernfähigkeit, mit der Bereitschaft, die ausgewalzten Lebenswege zu verlassen, wenn man gewahr wurde, dass sie in die Irre führen.

Alma hatte in meine innere Mauer eine Bresche gerissen, eine kleine Lücke, durch die ein fremder, frischer Duft strömte und unbekannte Klänge, Farben und Bilder zu mir drangen. Wenigstens schien es mir als sei Alma die Ursache. Aber vielleicht war sie auch nur das Werkzeug, ich konnte es nicht feststellen.

Und jetzt stand an, diese Lücke zu erweitern, die Mauer abzutragen, so weit, dass ich hindurchschlüpfen könnte. Wohin, dass wusste ich nicht, nur, dass es nötig war. Und nicht einmal, um zu Alma zu gelangen. Es ging nicht um sie dabei, sondern um mich, in erster Linie. Nur wenn ich zu mir fände, fände ich vielleicht auch sie. Sie war kein Ziel, aber ein Motiv. Und außerdem noch ein aufregender, warmer Leib, eine Landschaft, mit Höhen und Tiefen, mit Bergen, Schluchten, Höhlen, mit Licht und Schatten, fest und flüssig, mit Vulkanen und Gletschern, mit Wüsten und Oasen. Ein ganzer Kontinent, der einzige entdeckbare, eine unerforschte, brandneue Welt. El Dorado.

Leider führte kein Weg aus Wörtern dahin, keine Buchstabenstraße, kein Gedankenpfad. Die Mythen entstanden immer erst hinterher, vorher musste der Held sich die Füße ablaufen, denn da war er es noch garnicht: ein Held. Und ich bestimmt nicht.

Das, und nichts weiter. Es gab keine Ziele, nur Wege. Sollten sie doch ihre Maschinen bauen, ihre Elektronenhirne, Kraftwerke und Marschflugkörper. Ich baute nicht mehr mit. Sollten sie doch ihre Krebse in sich züchten, ihre Infarkte und Fettpolster. Ohne mich. Sollten sie sich doch ihre Köpfe zerbrechen, diese steinernen Masken, auch ihre Herzen, diese verkrüppelten Engel.

Ich nicht. Ich nicht.

Anmerkung 2024:

„Charly revisited" ist eine Erzählung von dreien, mit denen ich mich 1983 unter dem Titel „Weiße Reisen"[10] mit den USA beschäftigte, deren rechtsextremer Präsident Ronald Reagan seit 1981 die Konfrontation mit der Sowjetunion durch eine immense Auf- und Nachrüstung extrem verschärfte.

Bindeglied der drei Geschichten sind die Geschehnisse am Wounded Knee, in die zunächst der deutsche Auswanderer Carl Meyer im Dezember 1890 verwickelt wurde („Shatterhand revisited"), 1973 dann der von Weißen aufgezogene Indianer John Harlan Masterton („Winnetou revisited") und schließlich indirekt der Ur-Ur-Urneffe Meyers, Charly, als er 1983 im Frankfurter Hauptbahnhof Alma begegnet, der früheren Gefährtin des in der Haft umgebrachten John.

Der autobiografische Hintergrund der Erzählungen: in „Shatterhand" meine Revision von Karl Mays Western-Legende, in „Winnetou" der Konflikt, den mein Wechsel in die zweite Familie meines Vaters auslöste, und in „Charly" meine Rückkehr aus Griechenland 1981 (sowie mein „Feminismus") – tatsächlich lernte ich auf dem Frankfurter Hauptbahnhof Alma kennen, die dann auch bei mir in Köln übernachtete und am nächsten Tag in die USA zurückkehrte. Allerdings war sie keine Indianerin, sondern die Tochter eines Ehepaars aus der Dominikanischen Republik, in Chicago studierte sie Englische Literatur und Geschichte. Wir vereinbarten einen Briefwechsel, der schon bald versiegte. Als Erinnerung an sie besitze ich eine kleine Plastikperle, die ich nach ihrer Abreise in ihrem Bett fand. Sie hatte viele solcher bunten Perlen in ihre Rasta-Zöpfe geflochten.

---

[10] Shatterhand und Winnetou revisited in „Geschichten", Köln 2023

Werke 1–7 (Bruchstücke einer kleinen Konfession):

Geschichten
Liebe, Tod & Fritz Teufel
Denk-Bar (Essays und Ideen)
Marktwirtschaftliche Gedichte
Schott's Mitteilungen von einem unbewohnten Planeten
Hörstücke
Songbook